ュエリーデザイナー

水上ルイ

幻冬舎ルチル文庫

CONTENTS ✦目次✦

悩めるジュエリーデザイナー

悩めるジュエリーデザイナー……5
あとがき……231
A Vice President in Lovesick……232

✦カバーデザイン＝清水香苗（CoCo.Design）
✦ブックデザイン＝まるか工房

イラスト・吹山りこ ✦

悩めるジュエリーデザイナー

BUON GIORNO!

まばゆい光の中で、眠っている。

あどけない寝顔は、ずっと見とれていたいほど美しい。

艶《つや》やかな栗色の髪、少し上気した白い頬《ほお》、キスをねだるように微《かす》かに開いた珊瑚《さんご》色の唇
……こんな無邪気な表情も、時々見せる悩ましい顔も……彼のすべてを、不思議なくらい愛している。

しなやかな身体《からだ》が、毛布の下でゆっくりと寝返りをうつ。

のばされた綺麗《きれい》な指が、シーツの上を滑って俺の身体をさがしている。

「……ンン……雅樹《まさき》……」

唇から微かな呟《つぶや》き。蝶《ちょう》が羽ばたくように長いまつげを震わせて、ゆっくりとその瞼《まぶた》が開く。

彼の瞳は、透き通った上質の琥珀《こはく》色。ぼんやりと視線を迷わせ、ベッドの端にいる俺に気付く。

安心したようにまたそっと目を閉じて、ため息まじりの甘い声が、

「……ああ……まだ眠いです……目が覚めるようなキスをしてください……」

その無防備な様子が、胸が痛くなるほど愛《いと》しい。俺はできるだけ優しく、彼にくちづける。

つれない恋人は、俺に柔らかな唇をあずけたまま、また眠りに落ちていこうとしている。

「……晶也《あきや》？」

囁《ささや》くと、微かなため息が答える。

「……もう、十時だよ。そろそろ起きないと」

綺麗な眉《まゆ》が寄せられて、彼の頭の中では、ゆっくりと思考が動きだしたようだ。

「……今……何時って言いました……？」

「十時だよ。今日は、国際宝飾展に直行する日だろう？　待ち合わせは何時だっけ？」

まどろんでいた目が大きく見開かれると、いきなりガバッと起き上がって、

「やば！　信じらんない！」

そのクラシカルな美貌《びぼう》とはアンバランスな、現代っ子口調で叫ぶ。

「わあ！　全然、間に合わない！　新橋駅に十時なのに！」

ベッドの反対側に飛び降りるが、パジャマに包まれた細身の身体が、そのままフッと沈みこむ。俺が手をのばす前に、プルプルと首を振って、いっしょうけんめい意志の力で立ち上がる。

「あなたも、バスローブのままノンビリしてないで！　早く着替えてください！」

低血圧でフラフラのくせに、蛇行しながらロフトから下りる階段までムリヤリ走る。

「晶也、すこし落ち着いてくれ。慌《あわ》てると君はすぐ……」

俺はベッドから立ち上がり、急いで後を追う。こういう状態の彼は、とても危険なんだ。

「あなたこそ、ちょっとは慌ててください。すぐ着替えますから、あなたも……うわ！」

案の定、ロフトからのパンチングメタルのステップを、二段目で、もう踏み外す。

「晶也、悪かった！　頼むから……！」

慌てて駆け寄って、転げ落ちそうになって宙を泳いだ彼の身体を、間一髪で抱きとめる。

俺は、驚きと安堵《あんど》で速くなった鼓動を抑えようと、大きく息をつきながら、

「……この階段を下りる時は気をつけてくれ。いつ君が落ちるかと心配で仕方ないんだ」

パジャマの薄い布地を通して、速い鼓動が腕に伝わってくる。君も相当驚いたようだね。

そのまま抱き上げようとすると、ふいに照れたように身じろぎして、

「だ、大丈夫です。今ので、しっかり目がさめました。もう落ちたりしませんから」

晶也は俺の腕をふりぬけ、階段を裸足《はだし》で駆け下りていく。

「晶也！」

「はい！」

「そんなに慌てなくていい！　本当は、まだ八時だよ！」

俺の美しい恋人は、あと少しのところでステップを踏み外し、最後の数段を派手に滑り下

りた。

俺の名は、黒川雅樹《くろかわまさき》。二十八歳。

『ガヴァエッリ』というイタリア系宝飾品会社で、ジュエリーデザイナーをしている。

彼の名前は、篠原晶也《しのはらあきや》。二十三歳。

同じ職場の部下で、まだ入社二年目の若手デザイナーだ。

晶也の存在を知ったのは、一年少し前。俺がまだガヴァエッリのイタリア本社にいる頃だった。

俺は雑誌に載《の》った晶也の作品を見てその卓抜《たくばつ》したセンスに惚《ほ》れ込み、彼に会ってみたくて日本支社に視察に訪れ、本人を目にした途端……そのまま恋に落ちてしまった。

その後、彼と仕事をしたいばっかりにイタリア本社から日本支社に異動してきたが、俺はそれ以上の関係をストレートの彼に迫るつもりなどなかった。ただ近くで見守っていたかっただけで……自制できる自信はあった。しかし彼の持ち前の人懐《なつ》こい性格と、思った以上に強かった俺の想《おも》いで、俺の自制心はもろくも崩《くず》れ去り……ムリヤリにキスをし、玉砕《ぎょくさい》覚悟の告白をし……。

あの時の自分の情けない様子は思い出したくもないほどだが、何の奇跡が起きたのか、晶也は俺の想いを受け止めてくれた。そして、俺たちは恋人同士になった。

毎日が幸せすぎる。正直言って、今でもまだ、夢をみているようだ。

「もう！　いつもそうやって、僕をからかうんだから！」

風呂上がりのバスローブ姿のまま、キッチンでコーヒーを注《つ》ぎながら、晶也が笑う。

「なんで今朝に限って、あなたのほうが早起きなんですか？　いつもは全然起きやしないくせに」

いつもの朝は晶也が先に起き、ボーッとしてベッドから出、這《は》いずるようにして階段を下り、長いことシャワーを浴び、朝の日課のコーヒーで一服して、やっと目を覚ます。

なぜそれを知っているかというと、俺はたいてい寝たふりをしているだけだから。

俺が見ていると緊張するのかハイになるのか、彼はとにかく間抜けなことをやらかしてしまう。助けられる体勢だけ整えて寝たふりでもしているほうが、晶也の身に危険が少ない。

それに、ベッドにいるほうが『朝のもう一回』に持ち込める確率が高い、という特典つきだ。

「君こそ、今朝は全然起きなかったね。ゆうべ、イジメすぎた？」

後ろから抱きしめると、うなじが色っぽく紅潮《こうちょう》する。そのくせ何でもないフリで首を横に振る。

「慌てさせて悪かった。まだ痛い？」

ケガがないのを確かめたばかりの腰のラインをたどると、腕の中でしなやかな身体が震える。

「……大丈夫です。さっき転んだ分は。ただ、ゆうべの余韻で、脚に力が入らないだけです……」

恥ずかしげにうつむいて、少しかすれた甘い声が白状する。ああ、この声に、俺は本当に弱い。

「愛しているよ、晶也。おはようのキスのお返しは？」

晶也が、胸の中でクルリと振り返る。カップを俺に渡すと、爪先《つまさき》立って、

「おはよう、雅樹」

仕方ないなあ、というように笑って、そのままの形の柔らかい唇がそっと押し当てられる。それだけで俺の身体は細波《さざなみ》が立ち、意識がお留守になった指からカップが滑り落ちそうになる。

晶也は羽根が触れたような軽いキスであっさり唇を離すと、さっそく俺の手からカップを取る。

俺とのキスよりコーヒーに気を取られているのが悔《くや》しくて、口をつける前にそれを奪い返す。

「おはよう、晶也。でも、愛してる、が足りないよ」

引き寄せて、深く奪う。

ああ……愛している人との口づけは、どうしてこんなに甘いんだろう。

「晶也。朝の一回をしたかったな、と思ってる？」

囁くと、怒った顔で睨《にら》む。憎《にく》まれ口をたたくかと思いきや、ふと赤くなって目をそらし、

「……あなたは、本当にイジワルです……あと一時間、早く起こしてくれればよかったのに……」

小さく囁く。彼の無邪気な色香には、俺は本当にかなわない。たまらなくなって彼の身体を抱きしめる。

「頼むから、そういう色っぽい顔をして、悪い男にひっかけられたりしないでくれよ」

腕の中の晶也が、くすくす笑って、

「もう遅いです！　こーんな悪いひとにひっかかってしまいました！」

ＡＫＩＹＡ・１

「ごめーん！　寝坊しちゃったよー！」

叫びながら走ってきたのは、悠太郎《ゆうたろう》。約束の時間から、もう三十分が経過してる。

「悠太郎さーん、遅いっすよー！　今日こそ、絶対遅刻しないって言ったくせに！」

笑っているのは、同じ職場の後輩、柳《やなぎ》君と広瀬《ひろせ》君。

待ち合わせのメンバーは、五人。僕と黒川チーフ、僕の同期の悠太郎、柳君と広瀬君。

ＪＲ新橋駅、臨海新交通ゆりかもめ寄りの改札口に集合している。

「森《もり》君。時間に遅れた人が、昼食をおごる約束だったね」

黒川チーフが、腕時計を覗《のぞ》きこむ。悠太郎が慌てて、

「やばい！　オレ今月ピンチなんだ！　ねえ、給料の高い人がオゴるってのは？　黒川チーフ？」

黒川チーフは肩をすくめながら、そのハンサムな顔に笑いを浮かべて、

「部下を甘やかさない。これも上司の愛情表現の一つだよ」

僕の名前は、篠原晶也。社会人になって二年目の二十三歳。『ガヴァエッリ』という宝飾品会社の、駆け出しのジュエリーデザイナー。

僕の隣で笑っているのは、黒川雅樹。二十八歳。ジュエリーデザイナー室のチーフをしている。

天下の東京芸大を出てイタリアに留学し、イタリア本社から入社したという経歴の持ち主。ガヴァエッリのイタリア本社で、日本人がデザイナーになるなんて、前代未聞だったらしい。なんたって老舗《しにせ》ブランドのプライドってやつがあるから、ガヴァエッリのデザイナーはイタリア人だけでじゅうぶん！　みたいな。だから黒川チーフが日本支社に異動してくる前は、僕たち日本支社のデザイナーはただの下請《したう》け業者さんみたいに思われてた。低額商品しかデザインさせてもらえなかったり、平気でクビにされそうになったり……。

でも、黒川チーフと、その後日本に異動してきたアントニオ・ガヴァエッリ副社長のおかげで、僕らはなんとかクビを逃れ、未《いま》だに楽しく仕事ができている。彼らは、命の恩人ってやつかな。

黒川チーフは、イタリア語も英語もできるし、僕らが夢にまで見る大きなデザインコンテストで何度も賞を取ってるし、しかも、ルックスはアルマーニのグラビアモデルみたいなハンサムで……どこから見ても非の打ち所のない、スーパーエリート。僕らの憧《あこが》れの人だ。

僕はといえば、センスも経歴も平凡な、下っ端デザイナー。彼とは何の共通点もなさそう。

だけど、二人には共通の、人には言えない秘密がある。

雅樹と僕は、上司と部下ってだけでなく……なんと、世を忍ぶ恋人同士なんだよね……。


「早く！　十一時までに会場に入らないと、海外旅行の当たるくじ引きができないよー！　走れー！」

悠太郎が叫ぶ。

僕らは、臨海新交通ゆりかもめの国際展示場正門駅からビッグサイトまで全力疾走していた。ホールを駆けぬけ、入館者受付の列の一番後ろに並ぶ。

まだけっこう早い時間なのに、スーツ姿の同業者でロビーは混雑している。商品バイヤーらしいおじさんたち、営業っぽい若い男の人。デザイナーか企画あたりかな……若い女の子たちもキャリアスーツでキメて、張り切った顔で列に並んでる。

今日は、国際宝飾展の日。大小にかかわらず、年に何回か宝飾展は開かれてるんだけど、この国際宝飾展は、宝飾関係の仕事についている人間なら必ず来ると言っていいほど大きい展示会だ。

「誰のせいで走る羽目《はめ》に陥《おちい》ったのか、わかっているかな、森君？」

いつもの通り涼しげな黒川チーフが、ゼーハーしてる僕の頭ごしに、悠太郎に言う。

「誰のせい、だったかな？　……それより黒川チーフ、なんで息切れ一つ、してないの？」

悠太郎も、僕に負けずにゼーハーあえいでる。黒川チーフは笑って、

「俺より若いくせに。これぐらいで息切れするようでは、運動不足だよ」

「黒川チーフって、普段から、なにか、スポーツしてるんですかー？」

柳君と一緒に隣の列に並んだ広瀬君が、息を切らしながら言う。黒川チーフはうなずいて、

「今朝も六時に起きて、近所のスポーツジムのプールで二キロ泳いできた」

あ！　だから今朝に限って、早起きしていたんだな。

黒川チーフファンの柳君が、感心した声で、

「だからこのスタイルを保てるのか……黒川チーフって肩幅あるし、格好いいすよね。やっぱ、イイ男になるには水泳かな。広瀬、おれたちも近所の市民プールに通おうぜー！」

黒川チーフは、普段は会社が終わった後に泳ぎに行ってるみたい。ペースとしては、週三回くらいかな。ゆうべも泳ぐ予定だったみたいだけど、僕が急に部屋に遊びに行ったりしたもんだから、ドアを入った途端にキスしてきて、その後はもっと別の運動に予定変更してしまって……。

しかし。ゆうべのあれと、早朝の二キロの水泳と、今朝も、そういえばもう一回とか何とか言っていて……。

「……もしかして、黒川チーフって、とんでもなくタフなんじゃないですか？」

僕があきれて囁くと、黒川チーフは僕の耳に口を近づけて、皆に聞こえないような小声で、

「……日ごろ鍛《きた》えておかないと、誰かさんを朝の一回にお誘いできないからね」

受付で招待状と交換に、自分の名刺を付けた入館証明をもらって胸につける。宝飾展は基本的に招待状のない一般の人は立入禁止で、入館証明がないと警備員につかまっちゃうんだよね。

悠太郎待望のくじ引きは、主催者である日本ジュエリー協会が考えた、初日から来てもらうための苦肉の策なんだろう。でも、そんなのが当たるわけないよね。初日だけだって、何千人もの同業者がおしかけるんだ。ほら、僕のだって見事にはずれた。

「はずれたーッ！　ちくしょー、あんなに走ったのにーっ！」

悠太郎は、本気で悔しがってる。……受付係の美人のお姉さんが笑ってるってば。

「……はずれた……」

黒川チーフが、つぶやいている。そのセクシーな眉間《みけん》には、苦悩のたてじわが……。

「まさか、あなたまでタダで何かをもらおうなんて……」

あきれて見上げる。はずれクジをポケットに入れながら、黒川チーフは照れたように笑って、

「十日間、豪華ホテル付きイタリアの旅。恋人と行くにはちょうどいいと思ったのに」

「やっぱいるんだ、恋人が！　黒川チーフってそういう話しないけど……どんな人なんすか？」

柳君と広瀬君が、詰め寄っている。黒川ナーフは、笑って僕を見つめたまま、

「可愛《かわい》くて、性格が良くて、最高の恋人。しかも俺にぞっこんなんだ」

あああー……信じられない。バレていないと思って、そういうことをぬけぬけと……。

「やられた……聞かなきゃよかったぜー」

「力抜けた……現在フリーのおれたち四人には、キツすぎるノロケだ」

僕と黒川チーフの関係を唯一知っている悠太郎が、あきれかえった顔でため息をついて、

「朝っぱらから言ってくれるよ……やっぱりお昼ご飯は、黒川チーフのおごりで決まりだよな！」

宝飾展の会場は、東京ビッグサイト東館の、ホール一～三までをぶちぬいた広大な場所。会場全体にワイン色の絨毯《じゅうたん》が敷き詰められて、会社ごとのブースがずらっと並んでる。ブースといっても工事が入って作る本格的なものだから、ちゃんとショーケースや商談スペースもある。小さな宝石店がずらっと並んでいる感じ。各社とも、店内の照明やディスプレイに凝《こ》っている。

出展会社は国ごとに分かれていて、渡された案内図を見ると、半分から右側が日本国内の

会社。左の方が外国ブース。フランス、イタリア、ドイツ、イギリス、オーストリア。アジアからは、香港、タイ、台湾、スリランカ。あとは、オーストラリアとアメリカ。

その他にダイヤモンド専門コーナー、フリーのデザイナーが新作発表をしているコーナー、それとプラチナ・ギルド・インターナショナルが主催してるプラチナ商品のコーナーなんかがある。

出展会社は、しめて七百と五十社。これをくまなく見なきゃならないのかと思うと……何だか遠くが霞《かす》んで見えるのは……僕の気のせい？

「解散して、一時間後にこの場所に集合。それから昼食にしよう」

時計を見ながら、黒川チーフが言う。

皆それぞれゆっくり見たいブースが違うし、全員固まって行動していると時間がかかる。

「俺は、パーティー会場の方に顔を出してくる。表彰式をあっちでやるようなんだ」

別の会場ではオープニング・パーティーが開かれていて、新商品を売り込んだり、ジュエリー関係の会社のお偉いさんが親交を深めたり……なんてことが行われている。

高い会費を取られるから僕らみたいな下っ端には関係ないんだけど、会場では芸能人を呼んだ『ジュエリーの似合う有名人』の発表とか、今年の『プラチナ・デザイン・オブ・ザ・イヤー』の表彰式が行われたりしている。

この『プラチナ・デザイン・オブ・ザ・イヤー』は、プラチナ・ギルドが主催している、国内でも一、二を争う大きいコンテストで……黒川チーフは、このコンテストの受賞者の常連だ。

「今年は、何部門で受賞したんでしたっけ？」

「ああ……デザイナーズ・プロポーザル部門かな？　プラチナ・ギルドのブースに展示してあるはずだから、よかったら見てくれ。じゃ、一時間後にここで。篠原君、迷子にならないように」

僕を見つめて優しく笑って、急いだ足取りで人ごみに消えていく。きっと表彰式の時間が迫ってたんだろうけど、ギリギリまで遊んでくれるところなんかが……やっぱりいい上司なんだよなあ。

「やっぱ、オレたちとは格が違う……」

ガラスケースを覗きこみながら、悠太郎がうめく。

僕らは解散しないで、そのままプラチナ・ギルドのブースに直行していた。

普通の出展ブースは、タタミ八畳ぶんくらいのスペース。そこにガラスのショーケースと展示棚《だな》、接待用のソファーが設置されている。だけど、さすがはプラチナ・ギルド。ここは優に十社分は広さをとっている。

スペースの半分は、プラチナ製品の販売促進用の商品や販促グッズの紹介。もう半分が、主催するコンテストの受賞作品の展示スペースになっている。

『プラチナ・デザイン・オブ・ザ・イヤー』は、プラチナを主体とした作品を募集したコンテスト。審査員には宝飾関係者に加えて、有名な建築家（黒川チーフに名前がよく似ているけれど、全くの他人でルックスも全然似てないという、僕が尊敬するあの人）、ファッションデザイナー（パリコレにも出てる）、ファッション・ジャーナリスト（ファッション通信を見てると出てくるあの人）なんかも名を連ねていて、そのせいか売れそうなものだけじゃなくデザイン性も重視されている。だから毎年デザインのレベルは高い。特にデザイナーズ・プロポーザル部門の競争率はすごくて……僕ももちろん応募したけど、見事、第一次審査で落ちたんだよね……。

『デザイナーズ・プロポーザル部門　最優秀部門賞　デザイナー　黒川雅樹』

僕らは彼の作品の展示されたガラスケースの前から動けずに、何度もため息をつく。

作品はリングで、つや消しのプラチナで、構築的になりすぎず、シンプル。なのに……。

「……なんで、こんなに完成された形が描けるんだろう……」

彼の生み出す形は、墨で描かれた一筆書きのように完成されていて、迷いのない力強さがある。

自分に可能な限界まで深く追求し、そこからストイックなまでに余計なものを削《そ》ぎ落として、ここまで絞りこんでくる。美しいものを作り出すことを悲しいほどに追求して、血を吐くほどの真剣さで完璧《かんぺき》を求めてる……デザイナーとしての黒川雅樹は、本当に……。

「……すごい。やっぱり、僕なんか足元にも及ばないや……」

自分の恋人が優秀なデザイナーであることは、誇《ほこ》らしい。だけど、僕は複雑な気持ちになる。ジュエリーデザイナーの世界でもトップクラスにいる彼と、一次審査であっさり落ちた僕と……彼と僕との間にある天と地ほどの差を、歴然と見せられたような気がする。

黒川チーフはいつだって優しいし、僕も彼を本気で好きだし、恋人としての僕らはうまくいってるんじゃないかと思ってる。

だけど、僕だって仕事であるデザインに本気で取り組んでいて、恋人としてだけじゃなく一人のデザイナーとしていつか彼に認められたいと思ってて……そんなの、僕には無理なのかな……？

「みんなあー、落ち込むなよー」

悠太郎の声に見回すと、柳君も広瀬君も、言った本人の悠太郎も相当落ち込んだ顔をしている。

そう。ハリキって応募した割には、ここにいる全員が、一次審査で落ちたんだった。

「いつかここをオレたちの作品で埋め尽くしてやる。覚悟しとけよ、ゲブルーダ・ーーシング！」

毎年大賞をさらっていく、ドイツの会社の作品に、悠太郎が拳《こぶし》を振り上げてる。

「あー！　やっぱりここにいたぁ！」

大声に振り向くと、ジュエリーデザイナー室の紅二点、野川《のがわ》さんと長谷《はせ》さんが立っている。

普段は二人ともラフな格好で仕事をしているけど、今日はスーツとありったけのジュエリーでドレスアップしている。彼女たちは車で来るとか言ってたから、待ち合わせなかったんだけど。

「ちょっとぉ！　こんなとこでボーッとしてちゃダメよ！　コンテストの授賞式が始まるわよ！」

足踏みしながら、長谷さんが僕の腕をひっぱっている。中身はいつもと変わってない。

「待って。見たいのはやまやまなんだけど、パーティーの会費、八千円も払えないよ」

焦って言う僕に、長谷さんがにやりと笑って声をひそめると、

「……どさくさに紛れて、パーティー会場に忍びこめそうなのよ……ついてきなさいってば！」

僕らは顔を見合わせ、うなずき合うと、彼女たちのあとについて走り出す。

ラッキー！　やっぱり憧れの上司の晴れ舞台を、見逃すワケにはいかないもんね。

ＭＡＳＡＫＩ・１

俺は、パーティーというものは昔からどうも性《しょう》に合わない。授賞式だのなんだの、そういうものも。

だから、ステージにしつらえられた赤い絨毯敷きのステージから降りた時には、心底ほっとした。

宝飾品雑誌の記者が、調子に乗って俺の写真を撮《と》りまくっている。俺は見せ物ではないんだが。

このあと開かれる、ジュエリーの似合う芸能人を表彰するというよく解《わか》らない企画のために、芸能関係だのテレビ取材チームだのが押し掛けて、パーティー会場はごった返している。

そこに、日本のジュエリー業界を代表するナントカ社のお偉いさんだの、有名なデザイナーの先生だのが混ざりあって……スーツを着込んだ百鬼夜行《ひゃっきやこう》といったところか。

「黒川さん、もう一枚！」

フラッシュが光る。俺なんかよりも、今日の大賞をとったドイツ人デザイナーを撮れというのに……。

「黒川雅樹さんじゃないですか」

俺を呼ぶ声に振り向く。ああ……だからパーティーは嫌いなんだ。こういうやつがいるから。

「辻堂《つじどう》です。辻堂怜二《れいじ》。お忘れですか？」

そのキザな物言い、ニヤけた顔。忘れるわけがない。

「『レイジ・ツジドウ』の辻堂さんですね。お久しぶりです」

「おめでとうございます。デザイナーズ・プロポーザル部門に……入賞していましたっけ？」

こいつ、わざと挑発しているのが、ミエミエだ。俺はにっこり笑って、

「ありがとうございます。デザイナーズ・プロポーザルの最優秀部門賞をなんとか取れましたよ。そういえば、常連のあなたの名前が見当たらなかったようですが？　見落としたのかな？」

「いやあ、今年はちょっと調子が出なくてね」

辻堂は、その二枚目ヅラに不敵な笑いを浮かべると、皮肉な口調で、

「黒川さん、まだガヴァエッリにいるんですか？　企業にいたんじゃ、忙しいし、給料は安いし、やってられないでしょう？　独立できないようじゃ、先は見えているな。……ああ、

失礼」

　この野郎を、誰かどうにかしてくれ。俺は、うんざりしながらも負けずに笑ってみせて、

「儲《もう》けるだけで、実力がともなっていないのでは、元も子もないですからね。……ああ、失礼、まるで、あなたのことを言っているように聞こえてしまうな」

　辻堂は顔をひきつらせている。まったく……攻撃されたくなければ、最初からカランでこなければいいのに。この男は、顔をあわせるたびに飽きずにこうしてカランでくる。

　性格が性格なのでついやり返してしまうが、俺はこういう足を引っ張り合うような人間関係に心底うんざりしている。悲しむべきことだがデザイン業界にはこういう人間関係が深く浸透《しんとう》していることは否《いな》めない。美しいものを追求するのが仕事だったはずなのに、こと名誉や金が絡《から》んでくると、人間はそんなことはすっかり忘れ果ててしまう。美しいものを作り出しているのは表面だけで、その内面はドロドロと醜《みにく》い感情に支配されている……本当におかしなものだ。

　だが俺も、人のことを言える立場ではない。つい最近まで、自分の名誉のためなら平気で人を蹴落《けお》とし、のし上がろうとしてきた。自分の汚れてしまった内面に、気付こうともせずに。

　そのことに気付かせてくれたのは、篠原晶也という一人のデザイナーだ。彼はデザインを勝ち負けの道具にしたりしない。汚れないままで、美しいものを純粋に求め続けている。

俺の目が、ふとパーティー会場の一角に吸い寄せられる。人ごみの中でも際立っている、そのすらりとした立ち姿。綺麗に澄《す》んだ琥珀色の瞳が、賞賛の色を浮かべて俺を真っ直ぐに見つめている。

晶也……君の姿を見るだけで、心に清々《すがすが》しい水が流れ込むようだ。俺は救われた気持ちになる。

「失礼。会社の仲間が来ているようです。祝福してくれる人がいるというのは、いいものですよ」

言い捨てて去ろうとした俺の腕を、辻堂がいきなり摑《つか》む。強い力に驚いて振り向くと、

「黒川さん。わたしは、あなたにだけは絶対に負けませんよ」

唇に刻薄な笑みを浮かべると、辻堂は踵《きびす》を返して人ごみの中に歩み去る。

『あなたにだけは負けません、か。……いい根性をしているな』

いきなり、笑いを含んだイタリア語が聞こえ、俺は足を止める。俺の所属する会社の、副社長兼デザイナー室の上司、アントニオ・ガヴァエッリが、いつの間にかすぐ横に来ている。

『アントニオ。趣味が悪いな。人ごみに紛れて、立ち聞きしていたんですか？』

イタリア語で言い返すと、アントニオは整った顔にいじわるそうな笑みを浮かべ、

『今のは、レイジ・ツジドウだろう？　宿敵同士の対決を見逃すわけにはいかないからね』

『……勘弁してください……』

俺は肩をすくめて、ため息と一緒にムシャクシャする気分を追い出す。

『宿敵だなんて冗談じゃない。辻堂など、眼中にありません。俺がそれほど心酔しているのは、この世の中で篠原晶也だけです』

俺と晶也の関係を前から知っているアントニオは、あきれたように眉をつり上げ、

『マサキ、ところかまわずノロケるのはやめたまえ。わたしまで意地悪をしたくなる』

『すみません、幸せなもので。それはそうと、あなたから祝福の言葉をいただいていませんが？』

『ああ。可愛い恋人はできるし、賞は取るし……一応おめでとうと言っておくよ……だが……』

晶也たちが人ごみをかきわけて来るのを見て、にやりと笑って俺の胸を拳でこづくと、

『忙しかったわたしが応募しなかったせいで、取れた賞だということを忘れるなよ』

「黒川チーフがさっき話してたのって、もしかして辻堂怜二のこと？　宝飾品誌で見たことあるぜー！」

結局アントニオをつかまえて奢《おご》りにさせたランチをほおばりながら、悠太郎が言う。

俺たちは込み合った会場周辺を避《さ》けてタクシーに分乗し、近くのホテルにあるフンチネン

タル・レストランで昼食にしていた。ベイサイドを散歩するにはまだ早すぎる時期だが、大きな窓から見渡せる快晴の東京湾とレインボーブリッジの景色は、明るくて気分がいい。

しかし。せっかくの気分がだいなしになるから、辻堂の名前はやめて欲しい。

「辻堂さんって……『レイジ・ツジドウ』の？　そんな有名人とお友達なんですか……やっぱり黒川チーフってすごいんだなあ」

晶也が、尊敬の眼差《まなざ》しで俺を見上げる。

友達だなんて冗談じゃない、と言い返そうとするが、無邪気な笑顔につい見とれてしまい、俺は反論できずに、思わず笑い返してしまう。

『小羊を狙《ねら》う狼《おおかみ》みたいな顔で、ヨダレをたらすんじゃない。押し倒すのは、暗くなるまで我慢しろよ』

アントニオがイタリア語でひやかす。彼は日本語も相当できるが、危ない話にはこっちの方が都合《つごう》がいい。デザイナー室のメンバーは、まだ早口のイタリア語を理解することができないから。

「最近、オレたち、イタリア語の勉強してるんだよ。チーフ二人だけで内緒話をしていてズルいから。今は……オレたちみたいないい部下を持って幸せだ、って言ったんだよね？」

悠太郎のいい加減な通訳に、アントニオは大きくうなずくと、隣に座った晶也の髪を撫《な》でて言う。

「ユウタロ、よくわかったな。本当に幸せだ。こんなに可愛い部下がいて……」

……このヤロー、俺の晶也に触るんじゃない……！

アントニオは、俺の怒る顔を見て、面白そうに笑う。

「キャー！　やっぱガヴァエッリに入社してよかったと思うのは、こういう時よねーッ！」

「これで、誰かと誰かがカップルになってくれたら、もう言うことないのにーッ！」

野川と長谷の言葉に、晶也がギクンと飛び上がる。まったく素直というか、嘘《うそ》がつけないというか……。

「ねー、こんなに美形が揃《そろ》ってる職場もめずらしいわよ。ガヴァエッリ・チーフでしょー、黒川チーフでしょー、あとやっぱ晶也くん。悠太郎とヤナギと広瀬は……口さえ開かなきゃねー」

悠太郎が、あきれた顔で、

「オレたちの、その口さえ開かなきゃってなんなんだよーッ！」

「だけど、事務サービスのコたちの間では、そういう噂《うわさ》がいま流行《はや》ってるんだってー！　ほら、デザイナー室ってわりと目立つ人が多いじゃない！　冗談で噂するのにぴったりの」

ミーハーな噂が多すぎて、誰も本気にしていない。俺たちには、それがかえって幸《さいわ》いしている。

「そーそー。本命は黒川チーフと晶也くんでしょ、二番人気がガヴァエッリ・チーフと晶也くんでしょ、それから、三番人気が、悠太郎と晶也くんでしょ」

野川が嬉《うれ》しそうに言うのに、俺と晶也の関係を知っている悠太郎が、慌てて、

「オレとあきやの組み合わせが本命だって、皆に言っといてくれよー！」

ねー！」

「あと、悠太郎とガヴァエッリ・チーフの組み合わせってのも、最近ちょっと流行ってるの
「ああ、どこからバレたのだろう？　これからはもっと用心しなくてはいけないなあ、ユウ
タロ」

アントニオが、楽しそうに悠太郎をからかっている。

「ああ、この人の性格をなんとかしてーっ！　オレは、あきやとカップルなのにーっ！」

悠太郎が、頭を抱《かか》えて苦しんでいる。

「なんで、すぐ僕の名前が出てくるんだろう……からかいやすそうってこと……？」

人気があることを自覚していない晶也も、苦悩している。長谷が、俺の反応をうかがいな
がら、

「あと、大穴で、ガヴァエッリ・チーフと黒川チーフの組み合わせっていうのもあるんです
よー」

「……どんな噂をしようと勝手だが、それだけは勘弁してくれ……」

俺が脱力しながら言うと、アントニオが面白そうな顔をしながらイタリア語で、

『恋人ができる前、酔っ払ってわたしのベッドに来たことがあるのを忘れたか？』

『忘れましたね。それに、やましいことをした覚えはありません』

「だけど、事務サービスのコたちの噂話も、あながちウソばっかりじゃないんですよー」

野川が真剣な声で言う。確かに嘘ばかりではないが、アテにもならないのが本当のところだが。

例えば、アントニオが日本支社に異動してくるときも、どこでどうすりかわったのか、俺がイタリア本社に異動するという噂になって社内を駆け巡《めぐ》り……。

ちらっと目を上げると、同じことを思い出したのか、ちょっと赤面した晶也と目が合う。

去年の十一月、玉砕覚悟の告白をした俺は、一度は晶也にきちんとお断りされてしまった。

俺と晶也の関係は、ただの上司と部下のまま、永遠につながらない平行線をたどるはずだった。

だがある晩、晶也がいきなり部屋に飛び込んできて、いきなり俺に抱きついて、いきなり俺を愛していると言って……俺が日本を離れるという噂を聞いて自分の気持ちに気付いた晶也は、最後に一度だけ思いをとげるつもりで、俺の胸に飛び込んできたというわけだ。早とちりというか、けなげというか……その幸せがいきなり降ってきたわけを俺が知り、その噂がデマだったことを晶也が知った時には、俺はもう、しっかり彼を自分のものにしてしまっていたけれど……。

笑いかけると、晶也はその夜二人がしたことを思い出したのか、その白い頬をますます赤くする。

「だけど、笑いごとじゃない噂もあるんです。社内の情報が社外にもれてるって」

野川と長谷が、心配そうに顔を見合わせて、

「他社からお金をもらって、デザインを売ってる社員がいるんじゃないかって」

ＡＫＩＹＡ・２

デザインを売るって……？　産業スパイじゃあるまいし、そんなことが本当にあるんだろうか？

考えながら歩いているうちに、僕はいつのまにか一人になっていた。皆、きっとそのへんのブースに入って、商品のデザインをリリーチしているんだろう。宝飾展に来るのは、なかなか見ることのできない他社の商品をまとめて見られるし、勉強にもなってけっこう楽しいんだけど、あのガヴァエッリ・チーフが、楽しいだけの見学で済ませてくれるわけがないんだよね。

明日の午前中いっぱいで、長いジュエリーレポートを提出しなきゃいけない。しかも、それには他社の商品をデザイン画にして添付する。これがけっこうクセモノで、そうとう集中しないと、なかなか覚えられない。メモれれば何の問題もないんだけど、こういうところでスケッチをするのはご法度《はっと》。たまに紛れ込んだオバサマがおおっぴらにやってるけど、ヤバいんだよね。

ブースによっては、デザイナーの入館証明をつけている人間に商品を出すのを拒《こば》むところもあるくらい、自分の会社のデザインの流出をおそれてる。新作商品をコピーされたら大損害だし。

デザイナーがその気になったら、デザイン画で再現し、コピーを作らせることもできるから。もちろんそんなことは誰もしないけど。

ジュエリーのデザインに、著作権をいちいち申請してる企業なんてほとんどないといっていい。そういうものの書面がない限り、どっちが先に作ったかなんて誰にもわからない。どんなに盗作されたって言っても、卵が先か鶏《にわとり》が先かってなことになって……訴《うった》えてもほとんど勝ち目はない。

僕らがレポートを書くのは、別にデザインをパクるためじゃなくて、新しい技法の研究のためと、流行をつかむためだ。むやみに警戒されて見せてもらえないのも困ってしまう。だから僕らは、胸につけてる入館証明に、デザイナーとは書いてない名刺をつけてる。出展会社のほうも、仕入れもしないで殺気立った目で商品を覚えようとしてる僕らみたいなのは、デザイナーだって、うすうす解ってていながら見せてくれる。そのへんは、お互いの信頼だよね。

それにしたって、デザインを三十型以上暗記するなんて、無茶だ。

ああ……頭を振ったら、中からダイヤだのルビーだのがザラザラこぼれてきそう。早く人目のない隅に行って、覚えてる分だけでもメモろう。休憩に、皆と待ち合わせた時間も迫ってるし。

……と思いつつ、ふと目に入ったショーケースにまた惹《ひ》きつけられてしまう。

プラチナの商品が、かっこいいディスプレイの中にライトアップされている。

デザイン傾向は、黒川チーフの描くものに……けっこう似てる？

メンズの商品が多くて、リングだけじゃなくタイタックとかカフスボタンなんかも充実してる。

プラチナと合わせた素材は、普通の宝石だけでなく、シリコンゴムだとか、原石のままのダイヤだとか……ちょっとこけおどしの感もあるな。黒川チーフのデザインの方が洗練されている。

その中で一本だけ、僕の目を惹きつけてやまないデザインがあった。

シンプルだけど大胆。忘れられない独特のライン。まるで……黒川チーフのデザインそのもの。

「よかったら、ケースから出しますよ」

近寄って来ていたブースの人に声をかけられて、僕は一番日についていたリングを指差す。

「はい……すみません……あれが見たいんですけど」

男の人が、ケースの鍵《かぎ》を開けて商品を出してくれる。背が高いな。黒川チーフと同じくらい。

商品を受け取ろうとして差し出した僕の手が、いきなり強い力で握られる。

「美しい指だ」

低い声。あっけにとられて見上げると、その人は……、

「ジュエリーデザイナーの……辻堂さん……ですか？」

驚きにかすれた声で言うと、写真で見るよりハンサムな顔が、にっこり笑う。

ブースには、『REIJI　TSUJIDO』の文字。

僕の手を握っているのは、あの有名なジュエリーデザイナーの……辻堂怜二だった。

「君は、ガヴァエッリのデザイナーさんだね？」

ブースの奥の接客用ソファーに案内してくれながら、辻堂さんが言う。

僕がデザイナーだって、しっかりバレてる……社名だけなら、胸につけた名刺に書いてあるけど……。

「さっきパーティー会場で、黒川さんと一緒だっただろう？」

……ああ、それでか。バレてるなら、もう隠すこともない。僕はなんとなくホッとしてしまう。

「デザイナー室の篠原晶也といいます。黒川の部下で……まだまだ駆け出しなんですけど」

僕はスーツの内ポケットからカードケースを出して、名刺を差し出す。ジュエリーデザイ

ナーの肩書きのある、いつも使ってる方だ。

「……シノハラ・アキヤ……？」

辻堂が呟いて、なぜか驚いたような顔で僕の顔を見つめる。

それから受け取った名刺に目を落とし、ふっと笑うと、

「綺麗な名前だ。水晶の晶……君ならさしずめ、アメジストといったところだね」

紫水晶《アメジスト》といったら伝説の美女だ。女の人なら喜んでしまいそうなことをさらっと言う。

ちょっと神経質そうな感じの、ハンサムな顔。ダークグレイの三つ揃えのスーツに、ポケットチーフと同じイタリアン・イエローのネクタイ。キマってるけど……けっこうキザだ。

辻堂さんは、高そうな金色のカードケースから、自分の名刺を引き抜いて僕に差し出す。

上等の紙に、凝ったフォントのデザイン。僕の会社支給の名刺とは、格が違う。

「いいですね、自作の名刺っていうのにすごく憧れてるんです。僕も頑張って、いつかはあなたのように自分のブランドの名前入りの名刺をもてるようになりたいです」

僕が笑いかけると、辻堂さんは少し驚いたような顔になって、また僕を見つめる。

辻堂さんは一見近寄りがたく見えるけど、意外に親切な人だった。僕がデザイナーで仕入れをしないって解ってるにもかかわらず、どんどん商品を出して見せてくれる。

「君の指には、うちの商品はごつすぎるな」

「僕が着けるわけじゃなくて、レポートに描きたいんで……あ、すみません……」

怒られるかな、と思って見上げると、彼は気さくに笑って、

「私も、前は企業にいたんだ。そのへんのことはわかっている。描いても構わないよ」

……うっ。いい人かもしれない。僕は真剣に、

「純粋にいいデザインだと思ったから、報告書に描きたいだけなんです。あなたが苦しんで作り出したデザインを、盗作して商品にするようなことは絶対にしません。お約束します」

彼は、まぶしいものを見る時のように目を細め、ふと笑うと、

「そういえば、君に似合う商品を思い出した」

自分の小指にはまっていた、平打ちリングをはずす。

「わたしのデザインを、ほめてくれたお礼だ。プレゼントしよう。お金はいらないよ」

いきなり左手を取って、僕が驚いて硬直しているうちに、薬指に素早くはめてしまう。

「お気持ちは嬉しいんですけど、いただけません。会社の規則にも反しますし……」

偶然とはいえ、どうして左手の薬指なんだ……？　黒川チーフの顔が急に頭に浮かんで、僕は焦って指輪をはずそうとする。だけど平打ちってのは、指に密着するとなかなか取れなくて……。

「篠原君」

入口の方から低い声。こういう場面の時に限って……でも本当のとこ、少しほっとする。

「こんな所にいたのか。そろそろ休憩にしよう。皆が待っている」

黒川チーフは大股《おおまた》に近づいてくると、僕の手を取る。美しくて器用な指で、指輪をはずしてくれる。テーブルにあった商品盆の上に少し乱暴に置くと、辻堂さんを睨み上げて、

「ガヴァエッツリでは、不当なプレゼントを受け取ることは、禁止されているんですよ。彼をクビにするわけにはいかないので、お返しします」

「無粋な企業だ。篠原君、さっさと辞《や》めたほうがいい。うちのデザイナーとして我が社で雇《やと》ってあげるよ」

うわ。睨み合う二人の間に、火花が散っている。友達……じゃなかったみたいだな……。

「今のところ、辞める気はないので……見せてくださって、ありがとうございました」

僕は立ち上がって頭を下げ、さっさと出て行ってしまった黒川チーフの後を追う。

「篠原君！」

辻堂さんが立ち上がる。素早く取り出した別の名刺を、僕の上着の胸ポケットに押しこんでささやく。

「こっちはプライベートのアドレスだ。夜遅い時間は、ここにいるから。いつでも電話してきなさい」

飲み屋でのナンパじゃあるまいし、初めて会ったライバル会社の人間にこんなもの渡す？

「ええと、ありがとうございます。いつか会社を辞める気になった時には、電話させていただくかも……」

笑って逃げようとした僕の腕が、強くつかまれる。彼の薄い唇に意味ありげな笑みが浮かんで、

「また、近いうちに」

親切……かもしれないけど、何だか強引。彼に電話するなんて絶対ないだろうな、と思いつつ、

「もし、機会がありましたら。……失礼します」

あいまいに笑ってごまかして、また呼び止められないうちに、さっさと退散する。


「……ちょっと目を離したスキに、ああいう悪い男につかまっている」

並んで歩きながら、黒川チーフが言う。ちょっとすねたような口調、眉間に怒りの縦ジワ。

こんなにクールなハンサムなのに、嫉妬《しっと》したところは……なんだか妙に可愛いんだよね。

「あなたほど悪い男は、そうそういませんってば」

つい笑ってしまいながら見上げると、黒川チーフはまだ怒っている顔で、

「左手の薬指は、俺が贈る指輪のためにあけておくこと。よりによって辻堂なんかに……」

「薬指だったのは、ただの偶然ですよ。リサーチの時には左手を隠していろとでも言うんですか？」

「あんな男に手を握られるくらいなら、そうしていた方がいいな。君はもっと警戒心を持っ

たほうが……」

言いかけた黒川チーフは、僕を見下ろして、

「……やめよう。ほかの男のしたことで、君とケンカをするなんてバカらしい」

「同感です。辻堂さんとあなたって、あんまり仲が良くないみたいですね」

「陰口を言いたくはないが、あまり好きになれるタイプの人間ではない。君のような人は深入りしない方がいい。まさか、自宅の連絡先を教えたりはしていないだろうね？」

「辻堂さんのアドレスはもらった。でも、僕から連絡する気なんてしてないし、問題ないよね。辻堂さんには、会社の名刺を渡しただけです」

「それならいい。あいつの名前が、君の口から出るのを聞きたくない。この話はおしまいだ」

撫然《ぶぜん》とした声で言って、またため息をつく。僕は、雅樹の顔を下から覗き込んで、

「あ、まだ怒ってる。あなたってもしかして、すんごく嫉妬深い人？」

「そう。俺は独占欲が強くて、嫉妬深い男なんだ。怒らせたままにすると、あとが怖いよ」

そのハンサムな顔に、やっと笑いを浮かべてくれる。それから僕の耳元に口を近寄せて、

「……今夜、君の部屋に招待してくれたら、機嫌が直るかもしれないけれど」

MASAKI・2

「疲れたー！　もう、足が棒のようです！」

俺のマスタングの助手席に座った晶也が、笑いながら言う。

「さすがのあなたも疲れたでしょう？　一日歩いたし、その前に二キロも泳いでる」

「さすがに疲れたよ。でも、大丈夫」

運転しながら、横目で晶也を見て、

「君とするための体力は、いつでも残してあるから」

晶也は、あきれたような顔で俺の顔を覗き込んで、

「あなたって、こんなに格好いいのに、どうしてそんなに下品なことばっかり言うんでしょう？」

宝飾展が終わった後、デザイナー室のメンバーは、アントニオの誘いで飲みに行った。

俺と晶也は、誘いを振り切って、電車で天王洲《てんのうず》にある俺のマンションに寄り、明日の着替えのスーツを持って車に乗った。そして、晶也のアパートのある荻窪《おぎくぼ》に向かって走っている。

「晶也、夕食はどうする？」

「軽く食べて、軽く飲みたいです。……この前の店に行きませんか？」

この前の……と言われただけで通じてしまう。晶也といると、時間は気持ちよく進む。

どんなに一緒にいても疲れないためには、こういう小さいことが大切なのかもしれない。

俺たちは地下駐車場に車を停《と》めて、ビルの高層階行きのエレベーターに乗り込む。

シースルーのエレベーターがぐんぐん上がるにつれ、東京の夜景が遠くまで広がっていく。

最上階で降りると、そこは最近オープンしたばかりの晶也のお気に入りの店だ。

内装を手がけたのは、晶也が好きなフランス人の建築家だが、モチーフになったのはヴェニスの運河沿いに建っている貴族の邸宅《ていたく》だそうだ。

古い建築物を思わせるような煉瓦《れんが》色の壁。それと良く合った色のダイニングソファー。

天井の漆喰《しっくい》塗りの白と、白い石張りの床。抑えた照明が、テーブルをあたたかく照らし出す。

インテリアは、やはり晶也が好きなデザイナーのもので統一されている。鋳鉄《ちゅうてつ》と金のメタルワークのシャンデリアや壁飾りが、古いイタリアの感覚にモダンなイメージを付け加えている。

ここの料理は美味《うま》くて、値段も手ごろだ。業界人風のサラリーマンやカップルで今夜も込《こ》んでいるが、ちょうど空《あ》いた奥のテーブル席に案内される。窓の外を見つめた彼は甘く微笑《ほほえ》

んで、

「なんだか嬉しい。僕って、本当に夜景が好きみたい」

俺は夜景を見るより、君の瞳に映った光を見つめているのが好きなんだよ、晶也。

晶也は、ウエイターに渡された、洒落《しゃれ》た装丁《そうてい》のメニューを開いて、

「……いくつかとってシェアしませんか？　僕、魚介のカッペリーニ」

「……いいよ。まずはアンティパスト・ミスト。あ！　パルメザンのリゾットがあるじゃないか！　この間、美味《おい》しかったな。晶也、これをとろう！」

クスクスいう声に目を上げると、晶也がメニューの向こうで笑っている。

「どうかした？」

「なんだかすごく嬉しそう。あなたって時々、子供みたい」

自分こそ子供のような顔をして、俺に笑いかける。

今まで生きてきて、きっと彼にも、つらい時も嫌なこともたくさんあっただろう。なのにこんなに無邪気な笑顔を見せてくれる。ああ……ずっと変わらないで、汚れないままでいて欲しい。

俺は、運ばれてきたペリエのグラスを上げて、

「乾杯は、何に？」

晶也は、優雅なしぐさで白ワインのグラスを上げ、少し考えてから、

「明日の昼までに、レポートを提出できることを祈って。乾杯」

「乾杯。言っておくが今夜は残業はなしだ。ゆっくり休むか、朝までするか。……どっちがいい？」

唇にグラスを近寄せていた晶也が、真っ赤になって動揺している。

白ワインが零《こぼ》れて、晶也のスーツの上着の襟《えり》にシミを作る。

「もう！　またそうやって僕をからかうんだから！」

グラスを置いた晶也が、苦笑しながらノブキンでワインを拭《ふ》き取っている。

「すまない！　これで拭いてくれ。シミが残るといけないから……！」

慌ててハンカチを水に浸《ひた》して差し出すと、晶也は受け取りながら可笑《おか》しげに笑って、

「大丈夫。帰ったらすぐに近所のクリーニング屋さんに持っていきます。……そうやって焦ったところ、あなたってやっぱり子供みたい」

「あのね。俺は君よりも年上のうえに、会社ではいちおう上司なんだよ」

「すみません。だけど、なんだか……」

晶也は、まだ可愛い顔をして笑っている。俺は肩をすくめて、

「わかった。そんなに言うなら、俺がいかにオトナであるか、今夜ベッドで証明してあげよう」

晶也は一瞬目を丸くして黙ってから、一気に真っ赤になる。そして怒った声で、

「部屋には招待しましたけど、ベッドにまで招待した覚えはありません！」

しかし、言葉とはうらはらに、バラ色に染まった頬が誘惑している。俺はため息をついて、

「君はこんなに色っぽいのに、どうしてそんなに冷たいことばかり言うんだろう？」


晶也のアパートは、築二十年は経《た》っていそうな年代物の二階建てだ。

荻窪駅から徒歩十分くらい離れた、杉並の高級住宅地の中、大きな屋敷の敷地に囲まれるようにして建っている。アパートの正面は道路に面し、裏側はその屋敷の庭に面しているが、その庭は建物が見えないほど広い。しかもたくさんの樹《き》が植えられているので、アパートはまるで森を背にして建っているように見える。

そのために少しくらい騒いでも苦情はこないのだろう。デザイナー室のメンバーは、よくここに集まっては宴会を開いているようだ。

剝《は》げかけた漆喰の壁に蔦《つた》の絡んだ外観は、どこか異国の風景をイメージさせる。鉄枠の窓と、変わった意匠《いしょう》のベランダの手すり。大家が美術関係の人間だというのも、うなずける建築だ。

晶也の部屋は、二階の角部屋。建物の裏側にある鉄の階段を上がる。

古いためか家賃がとても安く、しかもリフォームOKだったという掘り出し物だそうだ。

晶也は美大の先輩の紹介で入居したそうだが、どうやらほかの部屋も美術系の人間で占め

られているらしい。ドアの色が部屋によって違うし、表札がそれぞれ凝っている。それに、裏庭にあたる狭い空《あ》き地に並んでいる石膏像《せっこう》……あれはどう見ても、誰かの卒業制作だ。

晶也の部屋のドアは、艶のある飴色《あめ》。晶也はカバンから真鍮《しんちゅう》色の鍵を取り出し、鍵穴に入れる。

そして、ふと気付いたようにドアの上に手をのばし、突然の宴会客がいつでも入れるように置いてある合鍵を探って取る。俺を振り向いて照れたように笑うと、

「……今夜は貸し切りです」

晶也が引っ越して来た時にはただの古い部屋だったそうだが、今は彼のリフォームによって、不思議に落ち着く、居心地のいい空間に生まれ変わっている。

壁は乳白色のスタッコ塗り。玄関のたたきには南欧風の素焼きタイルが張られている。

木製のシューズクロゼットは、ドアと同じカラメルを思わせる飴色。壁にはジャン・コクトーの素描《デッサン》の入った額がかけられている。

玄関を入るとキッチン。全部自分で塗り直したというフローリングも、綺麗な飴色だ。

「シャワーを先にどうぞ。出たら何か飲みますか？　といってもミネラルウォーターしかないや。あとはコーヒーかな。……あ、インスタントしかない。何か買ってきましょうか？」

「インスタントで十分。コーヒーが飲みたいな。……タオルを借りるよ」

俺がシャワーの湯温を調節していると、バスルームの外から晶也が、

「僕、クリーニング屋さんに行ってきます。あなたのスーツもついでに出してきていいですか？」

「頼むよ。あ、晶也！　暗いから気をつけて！」

「大丈夫です、そこの角ですから。すぐ戻ります」

晶也の可笑しそうな声。それから玄関のドアが閉まる音。

俺は少しだけ心配しながら、たっぷりのお湯で一日の疲れを洗い流す。

南仏風の飾りタイルが張られた風呂場は、大切に使われているらしくいつも清潔になっている。

置いてある小物も、高価なものではなさそうだがシンプルで洒落たものばかりだ。

なのにシャンプーとボディソープは、遠慮なく使えるようにコンビニエンス・ストアにあるようなお徳用ポンプタイプ。そのあたりが、庶民派の彼らしくて微笑ましい。

普通の部屋と違うのは、鏡の前の歯ブラシスタンドに立てられた、歯ブラシの多さ。デザイナー室の面々はここで宴会をし、そのまま泊まったりしているらしい。

俺はかち合ったことはないが、歯ブラシにマジックで書かれた名前でメンバーが解る。

まずは一番よく来ていると思われる悠太郎、今日一緒だった広瀬と柳、そして今日はオフィスで留守番をしていたはずの、俺のチームのサブチーフの瀬尾《せお》。

俺の歯ブラシにだけは、名前がない。

そして俺の歯ブラシだけは、鏡を開いたところにある物入れの中に、晶也の歯ブラシと一緒にグラスに立ててある。

初めて泊まった夜、俺の歯ブラシを取り、大切そうにここに立てた晶也の顔を思い出す。あなたのものは特別だから、と恥ずかしげに言った、その言葉がとても嬉しかったことも。

腰にバスタオルを巻いて、髪を拭きながらバスルームを出る。

いつのまにか帰ってきていた晶也は、俺に横顔を見せてリビングのステレオの前に座っている。慎重《しんちょう》な手つきで、最近ではほとんど見ることのできなくなったレコード盤の埃《ほこり》をぬぐっている。

晶也は、古いジャズと、静かめのボサノヴァが好きだ。

明かりをフロアランプだけに落とした部屋に、深みのあるサックスの音色《ねいろ》が微かに流れだす。

今夜はアダレイのアルバムか。曲は『コルコヴァド』。静かで甘いボサノヴァだ。

レコードの針が飛ばないようにそっとリビングを通り抜け、襖《ふすま》を開ける。この向こうは寝室になっていて、古道具屋で買ったというアンティークなベッドが置いてある。

押し入れだったのを改造して作り付けにしたというクロゼットの半分を、晶也は俺のために空けておいてくれていて、着替えのスーツがかけてある。そこからバスローブを取り出し、裸の上に着て和室に戻る。生成《きな》りのカバーが掛けられたこたつの前に座ると、晶也が湯気の

立つコーヒーカップを置いてくれる。そしてふと俺の顔を覗きこんで、

「あなたみたいなハーフ系のルックスの人が和室にいるのって、いつ見ても不思議な感じ」

「君こそ不思議だ。まるで王子様のように麗しいルックスをしているくせに、一人暮らしのアパートに仲間を集めてどんちゃん騒ぎはするわ、朝までカラオケをしてザコ寝はするわ……」

笑いかけた晶也の瞳に、ふと影がよぎる。

「ここは古くて狭いし……僕の部屋に来るの、もしかしてあまり好きじゃないですか？」

「ここに来ると不思議に落ち着く。とても好きだよ。この部屋も、この部屋の住人も」

言いながら抱きよせると、晶也は甘えるように俺の肩に頭を乗せ、

「本当のこと言うと、僕はこの部屋が気に入ってるんです。けっこう頑張って、修理とかしたし。全然お洒落じゃないんだけど、自分の内面が現れてるような気がするんです」

ふんわりと柔らかな髪に、頰を寄せる。日だまりの猫のようにあたたかい、晶也の香りがする。

「あなたもここを気に入ってくれてよかった。こうやって時々遊びに来てくれる……そういうの、ドキドキして、すごくいい感じです」

少しかすれた甘い声。毎日でも聞いていたい。毎晩でもこうして抱きしめたい。

でも晶也の言葉に、俺は今夜も言いそびれてしまう。一緒に住みたい、という一言を。

「……もしかしたら。この部屋になじめない人は、僕の本質ともなじめないかもしれない」

独り言のように呟いた一言は、感受性の鋭い晶也らしい。俺は、彼の髪にキスをして、

「俺はどう？　この部屋になじんでいる？」

晶也がふと顔を上げる。琥珀色の瞳が、いたずらっぽく笑って、

「どうでしょう？　僕の本質は二Kの和室。あなたはあんなに豪華でお洒落な部屋に住んでいて、こんなにハンサムで……」

俺は晶也を引き寄せて、唇で、その柔らかい珊瑚色の唇をふさぐ。

「……ン……雅樹……」

深いキスの合間に、甘い声がもれる。

たまらなくなってシャツのボタンにかけた俺の手を、晶也がそっと止めて、

「……シャワーを浴びるまで、待って」

羞恥《しゅうち》に熱くなった身体と、かすれた囁き。それは、この場合逆効果だ。

「……もう一秒も待てないよ」

「……そんな……あ……ん……」

白い首筋にキスをすると、それだけでとろけてしまいそうなため息をつく。

この時点でストップというのは、もう、どう考えても不可能だろう。

彼のシャツのボタンをはずして、手を差しいれる。

あたたかな体温、滑らかできめ細かい肌の感触。

胸の突起を探り当てると、しなやかな身体がビクンとのけぞる。

「……んんッ……雅樹……」

泣きそうに潤《うる》んだ眼差しが、懇願《こんがん》するように俺を見上げる。

ああ、この悩ましげな眼差しがどんなに俺の欲望をかきたてるか、彼は解っているんだろうか？

「わかった。シャワーを浴びさせてあげる。ただし、俺と一緒に、だよ」

「……一緒に入ったら、シャワーだけじゃすまなくなりません？」

「どうかな？　それは君次第だよ、晶也」

しなやかな身体を抱き上げると、晶也は俺の首に腕をまわし、いたずらっぽい顔で睨んで、

「二キロ泳いで、あんなに歩いたのに……もしかして、あなたって、ものすごーくエッチな人？」

「そういう憎たらしいこと言うと、今すぐ俺がいかにオトナであるかを……」

「あははは、ダメですってば！　僕、さっきワインかぶっちゃったから……あっ！」

いきなり何かを思い出したように叫ぶ。俺は驚いて、

「どうかした？」

覗き込むと、晶也の表情にふと影のようなものがよぎって、

「胸ポケットに……を入れたまま、上着をクリーニングに出しちゃった」

静かなサックスの音色にも消されてしまうくらいの小声で呟く。だがすぐに笑って俺を見上げ、

「なんでもありません。ダメって言ったら、エッチなことしないって誓《ちか》います？」

恥ずかしげにふわりと微笑まれて、俺はもう何もかも忘れて、彼の唇にキスをしてしまう。

「……いいよ。そのかわり、ダメって言えたらね」

この時よく問いただしていたら、それから起こった一連の騒ぎは未然にふせげたかもしれない。

だがその時の俺は、もちろん、そんなことは知る由《よし》もなかった。

AKIYA・3

「……あ、ああん……まさきっ……」

あたたかい湯気の中、我慢できなくなって声を漏《も》らしてしまう。

「……ん？　ダメって言わないの？」

耳元で囁かれて、全身に震えが走る。

お湯が滑り落ちる僕の全身を、雅樹の美しい指がゆっくりとたどっていく。

一番敏感なところを探り当てると、ジラすようにしてそっと撫で上げる。

「……やあ……ん……イジワル……」

こんなになるまで感じさせられて、ダメなんて言えるワケがない。

それでも、最後の気力を振り絞ってもがくと、雅樹が少し心配そうに、

「この姿勢は、つらい？」

「……ち、ちがうんです……今夜は僕、レポートを書かないと……」

雅樹が、逃げようとする僕を引き寄せて、妙に真面目《まじめ》な顔で覗き込んでくる。

「篠原君。この状況の中で仕事のことを忘れられないとなると、俺の技術的な面に何か問題が？」

「うわあ、そんなわけないじゃないですか！　だけど、ゆうべもあんなに……」

雅樹の眉間に、苦悩のタテジワが刻まれる。ヤバイ、思い出させちゃった。

「確かにゆうべもした。しかし……何週間ぶりだったかな？」

そういえば、ここんとこ予定がつまっていて、全然デートをしてなかったんだよね。

「二週間ぶり、かな？　浮気とかじゃないですよ。ええと、友達の個展と、同窓会と、コンサートと……」

先々週からの行動を全部話そうとする僕の言葉を、雅樹が手を上げてさえぎって、

「今週の土曜日は、君の誕生日だよ。その日くらいは、俺のために空けてもらえるのかな？」

「もちろんです！　あの、僕がデートもせずに遊びまわってたから……怒ってました？」

上目遣いに見上げると、雅樹はクスリと笑って、

「いや。束縛したいわけじゃない。ただ、毎晩、君のことばかり考えていたから……」

僕はその言葉を遮《さえぎ》って、精一杯優しいキスをしてあげる。唇が触れたまま、愛してる、と囁く。

雅樹が、甘いキスを返しながら、同じ言葉を囁いてくれる。そして、そっと僕を抱きしめ

る。

その腕の中で、僕は愛する人と一緒にいられる幸せをかみしめていた。

……まさか二人にあんなことが起こるとは、その時の僕は夢にも思っていなかったんだ……。


「篠原ちゃん、商品企画室から電話。内線の二番にまわすから」

あせって報告書を書きまくっていた僕は、田端《たばた》チーフの声に目を上げる。

次の朝の、ジュエリーデザイナー室。

始業からまだ三―分。ミーティングが、今、終わったばかり。

企画もまだ動かないし、普段の日ならカップベンダーのコーヒーで仕事前の一服をしてる時間。だけど今日は、昨日の宝飾展に関する報告書に追われてる。だって、〆切《しめきり》まであと二時間半だ！

「はい……内線の一番ですね」

電話に出る時間も惜《お》しいのに。アセりながらデスクの受話器を取って、内線ボタンを押す。

「お電話かわりました。デザイナー室の篠原です」

『お疲れ様です……企画室の内藤《ないとう》です』

ちょっと無愛想な若い男の声。半年前に中途入社してきた企画室の新人、内藤君だ。

「あ、内藤君？　お疲れ様です。早いね」

まずい。提出しておいたラフが上がったのかな？　こんな忙しい朝にかぎって……。

『ラフについて、ご相談があるんですけど……今から、企画フロアまで下りて来られませんか？　……忙しいですか？』

本当なら、新人の彼のほうがこっちに来るのが暗黙の決まりなんだけど……こんなムッとした声を出されたら、そんなこと言えなくなってしまう。それにきっと、忙しいのはお互い様だよね。

「いや、大丈夫。今から行きます……はい、よろしくお願いします」

電話を切ると、悠太郎が自分のデスクから、

「忙しいんだから来させりゃいいじゃんか！　内藤だろ？　あいつ生意気なんだよー！」

怒ってる。僕は笑ってしまいながら、ラフのコピーと描きかけのレポートをまとめて持って立ち上がる。

「企画フロアに行ってきます」

僕のデザインチームの田端チーフも、荷物を持って立ち上がりながら言う。

「今から国際宝飾展に行ってくるから。瀬尾ちゃん、三上《みかみ》ちゃん、用意できた？」

黒川チームのサブチーフの瀬尾さんと、田端チームのサブチーフの三上さんが立ち上がる。

田端チーフが、黒川チーフの前に立って、書類を差し出している。

「黒川チーフ、今日はそのまま直帰しますけど、ガヴァエッリ・チーフにこの書類を……」

今朝もかっこよくスーツを着こなした僕の黒川チーフは、てきぱきと仕事を片付けながら、

「ガヴァエッリ・チーフは遅いな。……篠原君、レポートの〆切は午前中だよ。大丈夫？」

ハンサムな顔に、いたずらっぽい笑みを浮かべてみせる。

もう！　誰のおかげで、こんなにアセるはめになったと思ってるんだろう？

ゆうべのうちにちょっと書いておこうと思ったのに、シャワーから出たあと、そのままベッドに抱いていかれて、そしてそのまま何もかも忘れてしまうほど……。

睡眠は十分とらせてくれたけど、脚には力は入らないし、身体はなんだかフワフワするし
……。

このハンサムで、見るからに有能そうな彼が、二人きりの夜はあんなことや、こんなことや、さらにあぁーんなことまでするなんて……とても信じられない！

赤面しながらデザイナー室を出て、エレベーターを待っていた僕の前で扉が開き、日本支社デザイナー室のブランドチーフとガヴァエッリ全体の副社長を兼任している、アントニオ・ガヴァエッリ氏が降りてくる。

まだアタッシュケースとコートを持ったまま、ということは……遅刻だ……。

僕に気付いたガヴァエッツリ氏は、その端整な顔に照れたような笑いを浮かべて、

「おはよう、アキヤ。ゆうべは、マサキと二人でどこに消えたのかな？」

「おはようございます。二人とも家に帰っただけです。それより黒川チーフが怒っていますよ」

僕が脅《おど》かすと、ヤバい、という顔でデザイナー室に消える。中から黒川チーフの怒った声が、

「ガヴァエッツリ・チーフ！　イタリアと日本は違うんですから。仕事がはかどらないので遅刻はしないでくれとあれほど……！」

エレベーターの中で笑ってしまう。なんだか妙にいいコンビなんだよね、あの二人。


企画の内藤君が僕が待っている打ち合わせ用デスクに来たのは、四十分も経ってからだった。

空き時間にできるように、レポートを持ってきておいて良かった。でなきゃ、さすがの僕も、キレちゃうところだったよ。

企画は緊急のミーティングが多くて、朝のうちは仕事にならないのは、毎日のことなんだよね。

「篠原君じゃなーい。元気？　相変わらずウツクシーわねー」

商品企画室のチーフの三浦《みうら》女史が、ミーティングルームから出てきて、僕に声をかける。

今朝の彼女は、真っ赤なスーツにお揃いのハイヒール、金のごついチョーカーとバングル。日本支社とイタリア本社をよく行き来するせいか、格好がすっかりイタリアン・マダムになってる。

「おはようございます。そのチョーカーのデザイナーは、黒川チーフですね」

「そうなのよぉ。本人がつれないもんだから、せめて商品だけでも。けなげでしょう？」

派手な美人なのに、けっこうノッてくれる。

彼女の後ろから、縁ナシ眼鏡《めがね》のデキる女タイプのサブチーフ、岸《きし》さんが顔を出して、

「篠原君。黒川チーフに、たまには企画室に顔を出してくれって言っておいてよ。でないと三浦チーフがご機嫌ナナメになって、大変なの」

「前は毎日、お昼ご一緒できたのに。ガヴァエッリ・チーフが来てから、フラれっぱなしなのよぉ」

三浦チーフが悔しそうにしている後ろで、企画室の人たちが笑っている。

企画課宝石商品企画室のメンバーは三浦チーフ、岸サブチーフ、僕の一年後輩の山辺《やまのべ》さんて女の子。男は僕と同期の水沢《みずさわ》君、そして中途採用の内藤君。総勢五人だ。

三浦チーフの影響か、皆、服装が派手めで、明るい性格の人が多い。水沢君なんて学生時

代はバイトでファッション誌のモデルをやっていたという……じゃなきゃ、今朝みたいに派手な柄《がら》のネクタイとダブルのイタリアンスーツは、とても似合わないだろう。

「オレは、黒川チーフより、篠原君のほうが好みだなあー！」

水沢君が明るく言うのに、皆がキャーキャー笑う。一番若い山辺さんが、

「水沢先輩、アブナーイ！　篠原先輩、残業する時には気をつけてくださいよぉ！」

僕を肴《さかな》に、遊びの態勢に入っている。まあ、悪気のない人たちだからいいんだけどね。

「篠原さんと、ミーティングをしたいんですけど！」

突然、内藤君の怒った声。皆は、目を丸くして黙る。

同じ男でも、内藤君は地味な灰色のスーツにエンジ系のネクタイ。性格もちょっと暗目で、このメンバーの中ではかなり浮いている感じがする。

「内藤君、ごめんなさいね。じゃね、篠原君。ごゆっくり」

ちょっとムッとした顔の三浦チーフが、僕に笑いかけてから、チーフ席のほうに去る。

企画室は表面的にはざっくばらんだけど、けっこう上下関係にうるさい。それに雰囲気を察して言い方に気を付けないと、小人数の部署では、チームワークってものがあるから……。

「内藤君、新人のあなたが、先輩の篠原君を呼びつけるのは失礼なのよ。忙しいのにごめんね、篠原君」

岸サブチーフは、僕が空き時間に書いていた報告書に目をやりながら言う。僕は慌てて、

「い、いえ、僕は別に……」

「オレは嬉しいよー。朝から、篠原君の綺麗な顔が見られたから。じゃ、またゆっくり遊びに来てね」

気の付く水沢君が、雰囲気を察して、岸サブチーフと山辺さんを連れて撤退してくれる。

ああ……他人の部署は気を使う。さっさと終わらせて帰ろう。僕はさっそくラフを出して、

「ええと……ラフに関する相談って、何でしょう？」

「嫌いなんですよね、ああいうノリ」

ボソッと聞こえた声に、僕は驚いて顔を上げる。内藤君は、暗い顔をしたまま、

「なんだかチャラチャラして、変だと思いませんか？　おれ、なじめないんだよな」

そんなことを言われても、返答に困ってしまう。僕は、仕方なく笑いながら、

「君はここに来てまだ半年だから、そんなにすぐには……ね。皆いい人たちだから、そのうちに慣れると思うよ」

内藤君は僕の顔を一瞬見つめてから、馬鹿にしたように鼻でフッと笑う。

なに、この笑い？　絶句している僕に構わず、おもむろにラフを取り出して、

「あなたの今回のラフですけど、全部ボツになりました」

……………え？

「あのラインでは納得できないんです。傾向を変えてください。こんなイメージで」

いきなり彼が広げたのは、すんごいごついリングの資料。

黒川チーフがコンテスト用に描いてたタイプに似てるけど、あんなに洗練されてない。かっこいいけど、ちょっとコケ脅しの入ったこのラインは……『レイジ・ツジドウ』だ。

「ちょ、ちょっと待って。なにそれ？」

今回彼が持ってきていた依頼は、プラチナのメンズ・リング。

細身のシンプルな商品って依頼で、そういうのを描いた。僕としては、けっこう自信作もある。

もう二回もラフを描き直して、バリエーションも出して、これはもう仕上げの段階だったのに。

「内藤君、君はこの傾向のデザインで、何度もＯＫを出したよね。なのに〆切間際になって、急に傾向から変更っていうのは……」

「ラフの〆切は、明後日」

内藤君は、僕を挑戦的な目で見上げ、馬鹿にしたような口調で、

「デザイナーは、黙って描けばいいんですよ。それとも、そんなに実力に自信がありませんか？」

……信じらんない！　信じらんない！　信じらんない……！

僕は、帰り道の駅前商店街をズンズン歩いていた。

この怒りの前には、レポートの〆切なんか何てことなかった。ものすごい勢いで書いて提出し、午後は皆を怯《おび》えさせながら脇目もふらずにラフを描きまくり、帰り際にはお誘いに来た黒川チーフを一睨みで追っ払った。

脇の下にはさんだデザインファイルには、描きかけのラフと資料。

ちっくしょう！　もう一言も文句が言えないような、すんごいデザインを描いてやる！

アパートの前の道、曲がる時に思い出した。

スーツのクリーニングが、今日には終わってるって言ってたな。

クリーニング屋さんの引き戸を開けて入ると、僕は店先にいた店主のおじさんに引き換え証を渡して、

「ゆうべ、クリーニングをお願いしたものです」

「スーツを二着ね、できてますよ」

おじさんは、奥からスーツを二着下げてくると、僕の上着をカウンターの上に広げて、

「ほら、ワインのシミもちゃんと落ちたでしょう」

「よかった……ありがとうございます。あんまりスーツを持っていないもので、すごく助かりました」

人の良さそうなおじさんは笑いながら、ハンガーから、不透明のビニールパックを取り外して、

「この上着の胸ポケットに入ってましたよ。ゆうべは急いでて気がつかなかったんだけど」

これは辻堂さんが胸ポケットに押し込んだ名刺だろう。こんなに丁寧《ていねい》に袋に入れてくれなくても……、

「あれ？」

受け取ったビニールパックは、手のひらサイズなのに驚くほどの重みがある。

あわてて開けると、中には辻堂さんの入れた名刺。でも、まだなにか袋の中に入ってる。

逆さまにすると、そこから転がり落ちてきたのは……、

「これ、僕のじゃありません。ほかのお客さんのものと、間違えたってことは……」

僕の手のひらで光っていたのは、プラチナのリング。そのデザインには、確かに見覚えがある。だけど、僕のスーツのポケットに入っているわけなんて、絶対にないはずの……、

「わたしが出したんだから間違いないよ。確かに胸ポケットに入ってたよ、名刺と一緒に」

おじさんの言葉に、僕は呆然《ぼうぜん》と立ちすくんだまま、手のひらで光ってるリングを見つめた。

プラチナの綺麗な質感。シンプルで力強いライン。ほかのデザインから抜きんでていた……僕の手のひらにあったのは、レイジ・ツジドウのショーケースで見た、あのリングだったんだ。

僕は名刺に書いてある電話番号をプッシュして、呼び出し音を聞いていた。

僕は普段胸ポケットなんか使わない。それにどう考えたってあのリングは、辻堂さんが入れたとしか思えない。名刺を入れた時、一緒にポケットに突っ込んだんだ。……だけど、なんでそんなこと？

あの時、辻堂さんは『また近いうちに』と言った。それは、僕が連絡をしなきゃならなくなると知っていたから？　冗談のつもりかな？　だけど高価で大切な商品に、こんなこと、する？

「……はい、辻堂です」

「夜分遅くにすみません。辻堂怜二さんはご在宅でしょうか？」

「……わたしが本人ですが？」

受話器から聞こえてきたのは、のんびりと不思議そうな声。僕は切れそうになるのを抑えつつ、

「デザイナーの篠原晶也といいます。昨日、国際宝飾展でそちらのブースにお邪魔した」

彼が入れたんだから、きっと何か反応があるだろう。そう思った僕は、

「あの。プラチナのリングの件でお電話差し上げたんですけど」

しばらくの沈黙の後、聞こえてきた返事は、僕の予想を激しく裏切っていた。

「ええと……どちらの篠原さんでしょうか？」

僕は受話器を握りしめたまま、呆然と固まってしまう。

「……リングって？　もしかして、うちの商品のプラチナリングのことですか？」

聞こえてくる辻堂さんの声は、さっきより慌ててるみたいだ。とても芝居《しばい》とは思えない。

「篠原さん……思い出した。ガヴァエッツリのデザイナーの篠原さんですか？」

彼が何かの冗談で入れたんじゃないとすると……このリングは、どうしてここに……？

「あの、ちょっとお聞きしたいんですが……宝飾展で、お宅の商品が紛失したとかいうことは……」

手のひらのリングを見つめながら言う。間違いであってくれ。僕は何かに祈りたいような気持ちだった。でも、受話器から聞こえてきた辻堂さんの言葉が、僕を打ちのめした。

「あります。昨日、プラチナリングが一本紛失して。盗難届けを出そうとしていたところです」

何かの間違いだ。僕の顔から血の気《け》が引いていく。辻堂さんは、尋問でもするような声で、

「そのリングについて、なにかご存じのようですね？　まさか、あなたが……？」

考えてもいなかった展開に、僕は頭の中が真っ白になるのを感じながら、

「いえ、盗んだりした覚えはないんです！　気がついたら、ポケットに……」

バカ！　この言い方じゃ。まるで僕が万引きでもしたみたいじゃないか！　そうじゃなくて！

辻堂さんは、昨日とは別人のような冷淡な声と硬い口調で、

「とにかく、明日にでも直接会ってお話ししましょう。それ次第では、警察のお世話になるかもしれませんよ」

MASAKI・3

晶也の様子がおかしい。

普段の彼は、よく笑い、よく話し、一見おとなしそうな外見とはうらはらに、とても元気だ。だが、いったん心配なことが起こると、一目でわかるほどに変わってしまう。

「……おはようございます」

俺の前に立って朝のあいさつをした晶也の顔色は、透き通るように血の気が失《う》せている。

もともと血圧が低くて、体力のあるほうじゃない。この顔は……ゆうべ、寝ていないな。

「篠原君」

呼ぶと、心ここにあらずといった感じでさ迷っていた視線が、やっと俺に合う。

「朝から疲れきっていないか？　もしかして、内藤からの依頼のことが原因？」

聞くと、ぼんやりした顔で俺を見る。これは昨日の企画のことが原因ではないな。

俺の脳裏を、ふいに辻堂の顔がよぎる。なにもないはずだ。だが、イヤな予感がする……。

「マサキ」

就業中も下品なジョークばかり飛ばしているアントニオが、妙に真剣な声で呼ぶ。

「緊急のミーティングを開く。わたしは後から行くから、先に会議室に行っていてくれ」

デザイナー室とは別のフロアにある会議室には、もう何人かの人間が先に集まっていた。日本支社の支社長である村井《むらい》氏、日本支社副社長の吉岡《よしおか》氏。そしてチーフクラスからは製作課チーフの井森《いもり》さん、企画課宝石商品企画室チーフの三浦女史。

「お疲れ様です」

言いながら会議室に入っていった俺を、三浦女史が見上げてウインク。そして手招《てまね》き。

俺は彼女の隣に腰をおろし、会議室のメンバーを見回して、

「会議にしては、妙なメンバーですね」

小声で言うと、彼女はうなずいて、

「そうよね。普通の会議なら、別の課のチーフだって来てもいいはずよね」

ほかのチーフたちも、ことの次第が解らないようで、居心地悪げに顔を見合っている。

ふいに扉が開いてアントニオが入ってくるが、あまり見かけない部署の人間と一緒だ。監査部の岩倉《いわくら》部長。この部は、何か社内で問題が起こった時に内部で調査を行う。内部監査などそんなに身近に行われるものではないので、俺たち商品製作に関わる部署の

人間と、監査の人間とは、なかなか顔を合わせる機会がない。

「なんで岩倉部長が？　何か問題が起きたのかしら？」

三浦女史が、不審そうに囁いてくる。

「まずは、この資料を見てくれ」

アントニオが言って、何冊かの商品カタログを渡してくる。今回の宝飾展で集めてきたものだろう。出展していた会社のものばかりで、レイジ・ツジドウのカタログもある。

俺は、そのカタログを手にとり、ざっとめくってみて、

「……まったく。いつになったらわかるんだ……」

あきれかえって呟く。

辻堂怜二は、才能のあるデザイナーだった。初めて会った時には、独特のラインを持った素晴らしいデザインを描いて、俺をおびやかしたものだった。

だが、会社経営とデザインを並行して行い、金儲けを考えるようになってから、彼のデザインは変わった。誰かのデザインの受け売り。丸々コピーしてしまって、問題になったこともある。

しかも、その誰かというのは……だいたいの場合、この俺だ。

そんなことをデザインコンテストの審査員が見抜けないわけがない。あんなに注目されていた彼のデザインが、今はことごとくコンテストの予選で落とされている。

このままいったら、辻堂怜二のデザイナー生命は、もう長くはないだろう。

「これ、どういうこと？　丸々コピーされてるじゃない！　しかも新しいヤツばっかり！」

三浦女史が、別のカタログを見ながら叫ぶ。

大手有名宝飾店でヒットした商品は、コピーされて低品質になり、低価格の商品として、巷《ちまた》に広まっていく。本物は高額すぎて買えない、偽モノでもいいから手に入れたい、という大衆心理を利用した商法だ。取り締まりも厳《きび》しいし、有名店の方でも新聞告知を出して注意を呼びかけたりするが、なかなかコピーされるのは防げない。厳密に言えば、少しでも変えれば、もうそれは別のデザインだとも言えるからだ。社名の刻印のないカルティエ社のスリーカラーゴールドの三連リング然《しか》り、ほんの少し細身のブルガリ社のチョーカー然り。

「一般に広がるほどヒットしたわけではないが……ガヴァエッリも、少しは注目されるようになってきたのかな？」

俺が呟くと、製作課の井森チーフが、なんとなく気味悪そうに眉をひそめて、

「売り出した後ならそれもわかります。でもこのデザインの製品は……まだ完成もしていませんよ」

その言葉に、居並んだチーフクラスは、思わず顔を見合わせた。

「……完成していない？」

俺が聞き返すと、井森チーフは真剣な顔をして、

「そうです。高額品のデザイン画は三ケ月前にイタリアに送ったばかりです。半年しないと原型もできないでしょう。このへんの低額ラインもやっと蠟型《ろう》に手を着けたばかりで……」

井森チーフはレイジ・ツジドウのカタログを指差すと、

「これなんかわたしが担当していて、ゆうべも残業して蠟型を彫っていたのに……どうして完成しているんです……？　しかも瓜《うり》二つだ」

アントニオが、デザイナー室から持って来た分厚いデザインファイルを開ける。付箋《ふせん》を挟んだページを示しながら、集まった全員の顔を厳しい顔で見回して、

「今回の宝飾展でたまたま見つけたものだけで、これだけあったんだ。これから、もっと市《し》場《じょう》に出てくるだろう」

俺の隣に座った三浦女史が、驚いた声を上げる。

「このデザインは……ガヴァエッリの夏期用カタログに載せちゃったやつじゃない！　このままカタログを出したら、こっちが盗作したみたいになっちゃうわ！」

三浦女史が驚いた顔で言うと、井森氏も、

「このデザインは完成しています。全く同じだ……急いで、お店に送るのを中止しないと」

「人件費、製作費、広告宣伝費……被害額は約三千五百万円程度だろう。だが本当の問題は、被害額の大きさではない」

アントニオの厳しい声に、全員が彼に注目する。

「製品化したあとの商品を見ることは、社内にいる人間ならたやすいことだ。例えば、商品整理のアルバイトの学生にでもね。製品ができた後なら新商品として社内報にも載せられ社外の取り引き先の目にも触れる。だが、製品化する前のデザイン画となると話は別だ」

アントニオは、苦しげな顔で全員を見渡して、

「製作中のデザイン画を持ち出すことができるのは、三つの部署の人間だけだ。企画室、製作課、そしてジュエリーデザイナー室。総勢二十人」

俺は、呆然とアントニオを見返す。まさか。俺たちは全員、疑われているというのか？

「本来なら監査部の仕事は別にあるが……今回は彼らが社内の内部調査を行う。ほかの社員には極秘のままで、調査に協力して欲しい」

示された岩倉部長が、よろしく、というようにうなずいている。

「仲間を疑う羽目に陥ったんだ。金銭的にだけでなく、精神的にも今回の被害は大きい。その社員が見つかった場合、クビにするだけでなく、しかるべき場所に訴えるつもりだ」

アントニオは言い捨ててから、ふいに眉間にしわを寄せて苦しげな顔をすると、

「ただ、わたしはこれが全部単なる偶然で、裏切り者などいないことを祈っている」

そんなことは多分ありえない。だが……俺もアントニオと同じことを祈っていた。

ＡＫＩＹＡ・４

「……ここかな……？」

僕は、メモと店の看板を見比べて呟く。

昨日の電話で、辻堂さんに教わった店。きっと彼のオフィスの近所の喫茶店かなにかに呼び出されて、詰問《きつもん》されるんだと思ってたのに……。

青山の交差点から、少し路地を入ったあたり。僕が立っていたのは、ちゃんとドアマンのいる、すごく高級な感じのフランス料理店だった。

「……困ったなー。あんまりお金持ってない……」

やっぱり、僕がごちそうするべきなんだろうな。でも、こんな高そうな店だなんて……いや、そんなことより、どうやって誤解を解くかを考えなきゃ。

僕は、ポケットの中の、ビニールパックに入れられた指輪の重さを確認する。

すごく好きなデザインだったんだけど……おまえのおかげで、大変なことになっちゃったよ。

鹿爪《しかつめ》らしいウエイターに案内されて、薄暗いウエイティングバーに通される。

天井が低くて落ち着いた感じのそこは、お金持ちのお屋敷の書斎みたいな内装だ。暗い色の壁、落ち着いた色合いの分厚い絨毯。そして、艶のある、磨き上げられたバーカウンター。

そこのスツールに腰掛けている、見栄えのする男の人。洗練された仕草でグラスを傾けている。

振り向いた辻堂さんは、今日もやっぱりハンサムで、そしてやっぱりどこかキザだった。

「来たね。何か飲んでから食事にする？」

昨日とは打って変わった真面目な声。僕は緊張のあまり硬直してしまいながら、

「……いえ、僕は結構です」

彼はスツールから滑り下り、ウエイターに席に案内してくれるように指示する。そして、ちょっと手を振って、僕を先に通してくれる。

深いワイン色の絨毯を敷き詰めた、アールヌーボー調にまとめられた落ち着いたインテリア。間接照明のオレンジ色の光が柔らかく店内を照らしている。

案内された席は、予約の札の立てられた、店の中でも一番いい席だった。

気おくれしながら席についた僕は、こっそりと周りを見回す。

優雅にディナーを楽しんでいる人々の中には、僕みたいな若造なんか一人もいない。

熟年カップルもいれば、料理評論家みたいないかめしい顔のおじさん方もいるけど……彼らに共通しているのは、お金持ちっぽい独特の雰囲気。

お金の計算なんか少しもしないで、高価な料理やお酒を注文できる人々ばかりなんだろう。

仕事帰りの安いスーツ姿の僕は、なんだかそれだけで居たたまれなくなってしまう。

……ああ、でもそんなことより、どうやって誤解を解くか考えなきゃ……。

慇懃《いんぎん》なウエイターが、辻堂さんと僕に革張りの立派なメニューを開いて渡してくれる。書いてあるのは……フランス語だけ。一語も意味が解らずに冷や汗を流す僕に、辻堂さんが、

「わたしが選んでいいかな？　嫌いなものは、なにかある？」

僕は、首を横に振ってメニューを閉じながら、

「……いえ、特にありません」

ホントは、ニンジンとかレアーすぎる肉とか、苦手なものはあるんだけど。でもそんなこと、この雰囲気の中ではとても言えないよ。

辻堂さんは、もう僕になんか構わずどんどん注文していく。

僕はぼんやりと座ったまま、雅樹と行ったことのある、いろいろなお店を思い出していた。

彼と一緒になら、こういう高級な店には、何度か入ったことがある。

でも雅樹といれば、どんなにいい店にいても、僕は一瞬だって緊張なんかしなかったんだ。

……雅樹に会いたい……。僕はふいに思う。……雅樹のあの優しい声が聞きたい……。

今夜ここに来ることを、僕はどうしても彼に話せなかった。

考えてみれば、僕が自分の意志であのリングをポケットに入れたんじゃないって証拠は、どこにもない。あの時は、薬指に別のリングをはめられてアセってたから、こっちのリングがどこにあったかなんて、全然記憶にないんだ。

もしかしたら、僕は本当は知らない間に……？

そんなことしてない！　……と思う。……でも、もしかしたら……？

辻堂さんが、もし僕を警察に突き出したとしたら、どうなっちゃうんだろう？

ガヴァエッツリの評判は……そしてデザイナー室の皆は……。

それにもし盗んだってことになったら、そんな僕を、雅樹はきっと許さないだろう。

ただでさえ、彼みたいな優秀な人と僕は不釣り合いなのに……軽蔑《けいべつ》されて、愛想をつかされるに決まってる。

ああ……なんでこんなことになっちゃったんだろう？

そっとため息をつきながら、僕は泣いてしまいそうになる。

「篠原君」

呼びかけられて、僕は慌てて顔を上げる。辻堂さんは真剣な表情で僕を見つめてから、突然言う。

「ゆうべは、すまなかった」

「……は？」

激しく責められるのを覚悟していた僕は、あまりにも意外な言葉に呆気《あっけ》に取られてしまう。

「ゆうべのわたしは混乱して……いきなり、君が盗んだのだと決めてかかってしまった」

辻堂さんは、困ったような顔で髪をかき上げると、

「君の話も聞かずに……大人げないことを言ってしまった。展示会の時は、ゴタゴタしている上に商品を剥《む》き出しで置いてあるので、どこかに紛れ込むのはよくあることなんだ。わたしが間違えて、メモと一緒に君のポケットに入れてしまった可能性だってある」

長い指を持つ、綺麗な手を差し出して、

「リングは……？　持ってきてくれた？」

「は、はい！」

僕はポケットからビニールパックを取り出し、口を開けて彼の手のひらにリングをのせる。

彼は銀色に光る作品をしばらく見つめてから、自分の胸ポケットに落とし込むと、

「なくなっていたと思っていたが、こんなところに入っていた。盗難だと思ったのは、わたしの早合点《はやがてん》だったらしい」

ゆうべ一睡もできなかった僕は……もしかして、これは夢かも……と思っていた。

悶々《もんもん》と寝返りを打ちながら、僕は一晩中ずっと祈っていた。

辻堂さんが、あれは間違いだった、と言ってくれるのを。君が盗んだわけじゃない、と言ってくれるのを。

「……あ……」

なんて言っていいか解らずに舌をもつれさせた僕を、辻堂さんがまっすぐに見つめて、

「君みたいな子が、盗みなんかするわけがない。疑って悪かった」

「……辻堂さん……」

目の奥が痛んで、ジワッと視界が曇る。頬を温かいものがゆっくりと滑り落ちる。

「……あ、すみません、僕……」

自分が泣いてしまっていることに気づいて、僕は慌てて手のひらで涙を拭《ぬぐ》う。

辻堂さんはものすごく優しい笑みを浮かべ、手をのばして僕の手を握る。

「君を泣かせるようなことをしたわたしを、嫌いにならないでくれないか？」

「き、嫌いになるなんて、とんでもないです！」

まったく。大の男が、こんなところで泣くなんて！

でも、僕は崩れ落ちそうなほどの安堵を感じていた。

雅樹はこの人のことを誤解してるみたいだけど、辻堂さんって、やっぱりいい人なんだ！

彼は、きつい感じに見える顔に、安心したような笑いを浮かべて、

「それならよかった。君からの電話を切ったあと、ひどいことを言ってしまったと思って一

晩中眠れなかったよ」

「あ！　僕も一晩中眠れませんでした！　どうしようかと思って！」

「お互いに、ひどい一夜を過ごしたようだ。今夜は、そのぶんまで楽しく過ごせるといいな」

言って、優しい目で笑う。こういう顔をすると彼はすごく魅力的だ。僕がもし女の人だったら、思わず見とれちゃうだろう。僕は、意味もなく赤面してしまいながら、

「……はい。そういえば、僕、有名なデザイナーの方とお会いするのなんて、初めてなんです。そう思ったら、なんだか緊張しちゃいます」

僕の言葉に、辻堂さんが可笑しそうに笑う。

「黒川雅樹とアントニオ・ガヴァエッリがいる職場で働いている人が、なにを言っているんだ？　普通なら、あの二人の顔なんか宝飾品雑誌でしか拝《おが》めないよ」

「あ、そういえばそうですね」

笑いながら、僕はふと気づく。雅樹の名前を口にするとき、彼はなんだかすごく苦しそうな顔をする。有名なデザイナー同士だから、やっぱりライバル意識とかあるんだろうか？

僕らの話が途切れるのを待っていたようなタイミングで、鹿爪らしいソムリエが近づいてくる。どっしりした罎《びん》の赤ワイン。僕はワインの銘柄なんて全然解らないけど、こっちに向けられたラベルは品のいいデザインで……なんだか古びてる。ヤバい。これは年代物ってヤ

ツかな？

テイスティングをした辻堂さんが、満足げな笑みを浮かべる。ソムリエに向かって花の香りにたとえると何とかで……とか言ってるけど、僕にはちんぷんかんぷんだった。それよりこのワインはいったいいくらするんだろう……いや、値段とかはもういいや。辻堂さんに解ってもらえたんだから……。いざとなればカードだってある！　でも、あんまり高いと……ちょっときつい……。

僕の前のクリスタルのグラスに、綺麗な色をしたワインが注がれる。

「申し分ない味だ。やはりワインはフランス物に限るね」

グラスを持ち上げた僕は、辻堂さんの言葉に、ちょっと驚いて目を上げる。

彼は、注がれたワインをすでに飲み干していた。

僕は、あいまいに笑ってグラスに口をつけながら、この不自然な感じはなんだろう？　と思っていた。いつもとは違う。お酒を飲む前には、いつもなにか……。

「……あ……」

一口飲んで小さく声を上げた僕を、辻堂さんが満足げに見つめて、

「美味しいだろう？　君なら、味がわかるんじゃないかと思っていたんだ」

「……あ、はい、美味しいです」

期待するような顔をされて、思わずそう答えてしまう。

雅樹と一緒の時は、たいていは新鮮な魚介類を使ったシンプルな料理を注文する。だから若くてフルーティーな感じの白ワインを飲むことが多い。あとはお気に入りの銘柄のシャンパン。

この赤ワインも適度な渋味とコクがあって、重い割には飲みやすい。美味しい、かもしれない。

けど、ワインの善《よ》し悪《あ》しなんて解らない僕には……高いワインは勿体《もったい》ないよ。

僕はまた、雅樹の顔を思い浮かべていた。

そういえば雅樹は、先に一人でお酒を飲み干すようなことをしたことがない。

雅樹はいつも、僕がグラスを持ち上げるのを待ってから、二人のための乾杯をするんだ。

僕をからかうような言葉や、僕を笑わせるような言葉や、そして僕の身体を熱くさせるような……セクシーな言葉で。

僕はワインを飲みながら、一人で赤くなる。

どうしてだろう？　今夜は、雅樹のことばかり思い出してしまう。

就業時間が終わってデザイナー室を出る時、彼はなにかを考え込んでいるみたいな沈んだ顔をしていた。今日は長い緊急会議があったみたいだから、疲れてたのかな？

デザイン画の納期のこととかで、ほかの部署から文句でも言われたんだろうか？

昨日、会社を出る時「泊まりにこないか？」と誘ってくれた彼の言葉を、僕は邪険に断ってしまった。彼からのおやすみコールも、上《うわ》の空でおやすみだけ言ってあっさり切っちゃったし。その上、さっきなんか、挨拶《あいさつ》もせずに逃げるようにして会社を出てきてしまった。

食事が終わって辻堂さんと別れたら、急いで部屋に帰ろう。

雅樹に電話して「ごめんなさい」って言おう。それから……「愛してる」って。

彼はきっと、電話越しに優しく笑って「俺も愛してる」って言ってくれるだろう。

綺麗に飾られた前菜が運ばれてくる。

辻堂さんの誤解も解けたみたいだし、雅樹のことを思い出したら、なんだか安心してお腹《なか》が空《す》いちゃった。そういえば、今朝からほとんどなんにも食べてなかったんだよね。

辻堂さんの選んでくれた料理は、どれもすごく美味しかった。

彼は話上手な人で、僕が知らないジュエリー業界の裏話なんかをたくさん教えてくれた。

最初は緊張していた僕も、話に引き込まれ、すっかり時間を忘れてしまった。

「あ！　もうこんな時間！」

なにげなく腕時計を見た僕は、もう夜中の一時近いことに気づく。

……もう電車が終わってる。信じられない。タクシーで帰らなきゃならないなんて……。

「すみません、そろそろ僕、失礼します。あの、ご迷惑をおかけしてしまったので、ここの支払いは僕が……」

「君に払えるような値段ではないよ。わたしが払うから心配しなくていい」

高飛車《たかびしゃ》な言葉の調子にちょっと悲しくなる。僕だって社会人なのに。……確かに貧乏だけど。

「そのかわりと言っては何だが……実は、君にちょっと相談があるんだ」

「相談……？　僕にですか？」

不思議に思って聞き返す。僕なんかに、いったいなんの相談があるんだろう？

彼はちょっと言いにくそうにしてから、僕が返したリングの入っている胸ポケットを軽くたたいて、

「実は、この商品の紛失騒ぎがもとで、アシスタント・デザイナーが一人辞めてしまった」

「……え？」

僕の顔から血の気が引き、気分が一気にさめる。

「うそ……僕のせいで……？」

辻堂さんは、少し困ったような顔になって僕の顔を覗き込むと、

「次の新作のデザイン型数が、足りなくてね。中心になるのは、わたしのデザインなんだが……ちょっとしたアクセントといった感じで、彼にも手伝ってもらおうかと思っていたんだよ」

……そんな大切な時期に……身に覚えはないとはいえ、これはやっぱり……僕のせいだよね……。

僕は辻堂さんと、辞めてしまったデザイナーさんに悪くて、そのまま言葉を失ってしまう。

「そこで君に、わたしの新作のデザインを、何型か手伝ってもらいたいんだが」

僕は、予想もしていなかったその言葉に、呆然と彼を見上げた。

「もちろん君の名前を出すわけにはいかないから、わたしの作品ということになる。不満かな？」

「いえ、そんな。やらせていただきます。僕にできることでしたら何でも。ですが……」

僕はちょっと考えてから、

「……僕じゃ、全然役に立たないかも……まだ入社二年目の駆け出しですし……」

「駆け出しとはいえ、君はガヴァエッリのアキヤ・シノハラだろう？　ヴォーグ・ジョイエッリに載った作品を見たことがあるよ」

「……え？　あれをご覧になったんですか？」

まだ新人の頃、僕のデザインしたシリーズが有名な宝飾専門誌に載ってしまったことがある。辻堂さんがそれを見てくれたなんて。しかも僕の名前なんか、隅っこの方にほんの小さく……。

「まあ、なんというか……少し粗削りなデザインだったけれどね」

「そ、そうなんです。何かの間違いで載っちゃっただけなんで……」

一瞬、誉《ほ》めてもらえるのかと思っちゃった自分が、ものすごく恥ずかしい。

でも、その雑誌に僕の作品が載らなかったら、イタリアにいた雅樹と僕は、出会うことができなかっただろう。雅樹はそのシリーズを気に入ってくれていて、その中のカフスボタンをいつでも着けていてくれる。僕らにとっては……大切な作品なんだよね。

「君の実力がどのくらいのものかわからないが……わたしは今、非常に困っているんだ」

辻堂さんはその怜悧《れいり》な顔から笑いを消し、僕をジッと見つめて、

「助けると思って、ためしにラフスケッチを描いてみてくれないか？」

「は、はい！　もちろんです！」

僕は、慌てて言った。レイジ・ツジドウは有名なブランドだし、僕みたいな新人デザイナーの実力が通用するとは思えない。きっと彼も、ダメで元々と思ってるんだろう。アイディアの参考にでもなればラッキー、って程度かな……？

「もちろん、それに対する報酬は払うつもりだ。一型あたり……」

「あ！　ちょっと待ってください！　それは困ります！」

僕は、本気で焦りながら言った。

「ガヴァエッリは、アルバイト厳禁なんです！　お金を頂いたらアルバイトになっちゃいます！」

辻堂さんは、あきれたような顔でため息をついて、

「まったく無粋な会社だ。わたしの手伝いでデザイン画を描くのも、本当はいけないことか

な？」

「契約書には、ガヴァエッツリの商品以外のデザインは一切しない、という項目があります。それを破って……それがもし、会社にバレたら……」

「もしバレたら？」

「……僕、クビになっちゃうかも……」

僕が本気で青ざめながら言うと、辻堂さんが、いきなり可笑しそうに笑いだす。

「黒川氏といい、君といい、どうしてそう会社に固執するのかな？　ガヴァエッツリという企業は、社員にそんなに高い給料をくれているのか？」

「……いえ、そういうわけでは……」

揶揄《やゆ》の含まれた彼の口調に、僕は一人で赤面してしまう。

雅樹みたいなエリートデザイナーは別格待遇だから、多分とってもお金持ちなんだろう。でも、僕みたいな駆け出しは……待遇も給料も、全然たいしたことない。

でも、僕はガヴァエッツリのデザイナー室の皆が好きだし、彼らと一緒に働けるあの環境をすごく大切に思っているし……でも、そんな甘い考え、会社を経営しているこの人にはあまり意味がなさそうな。

「明日の夜、八時にオフィスの方に来てくれないか？　こまかい打ち合わせをしよう」

「は、はい。名刺にあった住所ですね。……うかがいます」

僕は慌てて言う。迷惑をかけたんだから、きちんと責任とらなきゃ。だけど……、

「そのあと一緒に食事をしよう。また君に会えるなんて。明日の夜が楽しみだよ」

……また明日も……と思うだけで、なんだかグッタリしてしまう。

……この人といると、僕はどうしてこんなに疲れちゃうんだろう……？


僕がやっとのことで部屋にたどり着いた時には、時計の針はもう、一時五十分を指していた。

「……うそ。今夜に限って、セットするのを忘れちゃってたなんて……」

寝室に入って電話を見た僕は、思わずつぶやく。留守番電話のランプが消えっぱなし。

ちゃんとセットしていれば、おやすみコールをしてくれた雅樹の声が録音されていただろうに。

僕は反射的に受話器を取り、すっかり暗記してしまった番号を途中までダイヤルし……。

ため息をついて、そっと受話器を戻す。

彼の声が、聞きたくて聞きたくてたまらない。でも、帰り際に見た彼の疲れたような顔を思い浮かべると……こんな時間に電話するなんて、とてもできないよ。

それにもし、今までどこに行っていたのか問い詰められたら……そう思ったら、なんだか

話をするのが怖くなってしまう。

「……雅樹……」

僕は目を閉じて、彼の優しい声を思い出す。

この部屋には、いつもほんの少しだけ彼の香りが漂《ただよ》ってる。雅樹が使っているボディソープ。それが入っていた綺麗なカットグラスのボトルが、ベッドの脇の棚に飾ってあるからだ。オーダーで作られた彼のオリジナルの香料は、大人っぽい苦みのあるオレンジ寄りの柑橘《かんきつ》系。この香りを感じるだけで、僕は彼と一緒にいるような安心感を覚える。

見とれてしまうような端整な顔立ち、逞《たくま》しい身体。いつも優しくて、でも僕と二人だけの夜は、彼はすごく攻撃的になる。思い出すだけで、僕の体温が少しだけ上がってしまう。

彼ともし出会えなかったら、そして恋人同士になれなかったら、僕の人生はきっと、全然違うものになっていただろう。なんだか当たり前みたいになってたけど、彼みたいな人と僕なんかが恋人同士になれたこと自体が、ホントに奇跡みたいなことなんだよね。

そういえば雅樹は『辻堂に近づくんじゃない』って言った。しかも僕は、社則を破って彼の仕事の手伝いまでしようとしている。でもやっぱり、辻堂さんが困ってるのは僕の責任だし……。

「隠しごとしてごめんなさい。……雅樹、愛してます」

呟いてから、僕はふいに青くなって、

「……しまった。内藤君から依頼されたラフ、明日が〆切だ……」

辻堂さんとのことに気を取られていて、ラフがまだぜんぜん納得いく出来じゃない。

またボツを食らって、みっともないとこ見られたら……雅樹に本気で嫌われちゃうよ……。

「……あなたに嫌われないように、僕、がんばります……」

ああ……今夜も徹夜かなあ……。

MASAKI・4

……晶也が、帰って来ない……。

バーボンのグラスを傾けながら、俺は深いため息をつく。

俺の部屋の天井まで切られた窓からは、レインボーブリッジと東京湾の夜景。

晶也はここからの景色がとても好きで、この部屋に来ると飽きずに外を眺《なが》めている。

ソファーの前のローテーブルには、俺がいつも使っている携帯電話。

さっきまで、これで晶也の部屋に電話をかけ続けていた。『何時になってもいいから、電話をしてくれ』と録音を入れるつもりだったのに、留守番電話が今夜に限って切られていたからだ。

彼の沈んだ顔を思い出すと……声を聞くまではきっと、気になって眠れないだろう。

彼と付き合い出してから、まだほんの数ケ月。だが、晶也の開けっぴろげな性格のおかげで、彼の交友関係はだいたい把握《はあく》している。

よく遊ぶのは、美大生時代の仲間。それにガヴァエッリに入ってからのデザイナー室の同僚。

しかしどちらにせよ、大学の頃からの親友で、会社でも同期の森悠太郎が一緒にいるのが常だ。

そして律義《りちぎ》な晶也は、どこに出かけていても、部屋に帰ると必ず俺に電話を入れてくる。

今日の晶也は、俺や悠太郎の視線を避けるようにして、そそくさと帰っていった。

何だか深く悩んでいるような、暗い顔をして。

悠太郎が、俺のところに何かあったのか聞きに来たところをみると、彼にもその原因が解らないのだろう。そして今夜、晶也がどこに行ったかも。

俺は振り向いて、キッチンの壁にかけてある時計を見る。午前一時五十分。

晶也はいつも、終電に間に合う時間に帰ってくる。……もしかしたら、今夜は帰ってこないのかもしれない。

俺は反射的に携帯電話を取り上げ、暗記してしまった番号をプッシュする。

しかし、呼び出し音が鳴る前に慌てて通話スイッチを切り、再びため息をつく。

俺は彼を愛している。奇跡が起きて、彼と俺とは恋人同士になれた。それだけだ。

俺には、彼を縛る権利も、彼の行動を探る権利もない。解っているつもりだ。

だが、本心では彼を独占したい。束縛してしまいたい。……なんだか自分を嫌いになりそうだ。

俺はソファーから立ち上がり、アトリエにしている部屋に向かって歩きながら、呟く。

「愛しているよ、晶也。……おやすみ」

ああ……このイヤな感情を、どうしたらいいんだろう？


次の日の晶也は、ますます疲れたような青ざめた顔で出勤してきた。

担当している仕事の〆切なのは解るが、これはきちんと睡眠をとっていない顔だ。

スーツは、昨日とは違うものに変わっている。しかし、予定外に俺の部屋に泊まって着替えがない時、晶也は必ず始発電車で一度自分の部屋に帰り、きちんと新しいスーツを着て出社する。

……もしかしたら、今朝も同じようにして、着替えてきたのかもしれない……。

俺の心が、焼かれたように痛む。

……彼はゆうべ、いったい誰と、どこにいたんだろう……？

企画の担当者と打ち合わせをしている彼を見ているのに耐え切れず、俺は立ち上がって部屋を出る。休憩室のカップベンダーでコーヒーを買っていると、悠太郎が追うようにして入ってくる。

「黒川チーフ。ホントにあきやと喧嘩《けんか》とかしてないの？」

俺のそばに来て、いきなり怒った顔で睨み上げてくる。

「ゆうべ電話しても全然いないし、どこ行ってたか答えないし。あきやらしくない。何かへンだ」

「別に、そういう時だってあるだろう……あっ……っ！」

平然と答えようとするが、動揺してコーヒーをこぼしてしまい、熱い液体が指を焼く。

眉をしかめて熱さに耐えている俺を見て、悠太郎が大きくため息をつく。

「しっかりしてよ、黒川チーフ。あきやは、悪いヤローどもからオレがずっと守ってきたんだぜ。あきやがあなたのこと好きだって言うから、渋々あとを任せたのに。今さら変な男に持っていかれたりしたら……オレ、マジであなたのことブン殴るからな！」

「……大ゲサだな、悠太郎。一晩だけ、帰りが遅かっただけじゃないか」

俺は笑おうとして、情けなくも失敗する。悠太郎は本気で怒ったような顔で、

「オレ、付き合い長いからわかる。こういう時のあきやは、絶対なんかに巻き込まれてる。油断してるとどっかの男に持ってかれちゃうよ。あきやを狙ってる男は、想像以上に多いんだぜ！」

脳裏を、辻堂怜二の顔がよぎる。俺の晶也の手を握り、左手の薬指にリングをはめていた。

あの時の辻堂の満足そうな表情を思い出すだけで、俺は怒りに目が眩《くら》みそうになる。

悠太郎はカップベンダーにコインを入れ、砂糖なしのカフェオレのボタンを押している。

晶也が疲れたときによく飲んでいるものだ。

機械から湯気の立つカップを取り出しながら、悠太郎は横目で俺を睨んで、

「あきや、打ち合わせが終わって疲れきってた。誰かさんは気が利《き》かないから、代わりにオレがぬけがけする。こんな近くにもライバルがいることを、忘れるなよ」

言い捨てて、部屋を出ていく。

俺は、呆然としたままカップを口に近づけ……今度は舌を焼く。


「篠原君、ちょっと待ってくれ」

晶也が終業のベルと同時に立ち上がり、すばやく帰ろうとしている。俺は必死で冷静さを装《よそお》いながら、慌てて彼を呼び止める。

「ちょっと手伝って欲しいことがある。五分だけいいかな？」

さも仕事の用件のようにして、ミーティングルームの方を示す。晶也はうなずいておとなしくついてくるが、振り向くと、あからさまに困ったような顔をしている。彼の目が壁にかけられた時計をちらっと見上げるのを、俺は見逃さなかった。

「……顔色が悪いよ。大丈夫……？」

ミーティングルームに入り、晶也が後ろ手にドアを閉めたのを見計らって、俺は言う。

なぜか怯えたような顔で目をそらしていた晶也が、俺の言葉にそっとうなずく。

憔悴《しょうすい》したような目元に、長いまつげが影を落とす。いつもより血の気の引いた、珊瑚色の唇。

それを見るだけで俺は、頼むからそんなに無理をしないでくれ、と懇願してしまいそうになる。

「君がプライベートの時間に、誰と会っていようが、どこにいようが、詮索《せんさく》するつもりはないんだ」

言うと、晶也が、ハッとしたように顔を上げる。

「ただ……ちゃんと食事をして、ちゃんと睡眠をとること。君のそんな青ざめた顔を見ると、俺は心配で気が狂いそうになるよ」

晶也が、呆然と俺を見上げている。俺はそっと歩み寄って、彼の滑らかな頬に触れる。

「ゆうべ、言えなかったことがある」

「……なんですか……？」

とても久しぶりに聞くような気がする、晶也の少しかすれた甘い声。

「愛しているよ、晶也」

囁くと、彼の顔が泣きそうに歪《ゆが》む。それから足元に視線を落として、

「……僕も愛してます、雅樹……」

ゆうべ一晩中、聞きたいと思っていたその言葉。

しかしその声に含まれた不安そうな響きに、俺の心にまた冷たいものがよぎる。

「困ったことがあるのなら、俺に言ってごらん。君のためなら、何でもしてあげるから」

晶也はうつむいたまま、

「大丈夫です。僕、自分の力でなんとかしますから」

……ということは、困ったことがあるということか……。

……晶也……いったい君に、何が起きているんだ……？


約束した五分をとうに過ぎてからミーティングルームを出ると、いつもならさっさと帰ってしまっているはずのデザイナー室のメンバーが、まだ騒ぎながら残っている。

「あ、晶也くん！　いま受付から電話があって、ロビーにお客さんですって！」

電話を切りながら、野川が叫んでいる。晶也は、急に慌てた様子で、

「お客って、まさか……！」

「そーよ、決まってるでしょっ！　どうしよう、こうしちゃいられないわっ！」

野川が黄色い声で叫んでから、カバンとコートを掴んでデザイナー室を飛び出していく。

「きゃーっ！　野川ちゃん、ズルイ！　ぬけがけ禁止よっ！」

長谷も叫んで、彼女の後を追って飛び出していく。いつも賑《にぎ》やかな二人だが、今夜はさら

に喧《やかま》しい。

「……いったい、誰が来たというんだ……？」

呟いた俺を、晶也が思いつめたような表情で見上げる。ほかに聞こえないような小声で、

「あの……今夜も僕、あなたに電話できないと思います……」

……なんだって……？

「すみません！　お先に失礼します！」

呆然と立ちすくむ俺の隣から、晶也が走り去る。あわただしく荷物を抱えると、エレベーターホールへと消える。

カバンを抱えた悠太郎が、晶也の後を追いつつ、

「うわー、こんな時に限って！　最大のライバル出現だよー！」

焦った声で言い残し、ドアから走り出ていく。柳や広瀬までが、慌ててその後を追って出ていく。

……最大のライバル？　もしかしたら、晶也がゆうべ一緒にいたのは……？

「フラれたな、マサキ」

いつの間にか傍《そば》に来ていたアントニオが、可笑しげな声で言う。

「アキヤを訪ねてきたのは、いったい誰なんだ？　おまえも知りたいだろう？」

「さあ。興味ありませんね」

俺は憮然としたまま、自分の席に座る。

このまま部屋に帰ったら、また飲んだくれてしまいそうだ。残業でもしていた方が、まだマシというものだろう。

……何時に帰ろうが、飲んでしまうに決まってはいるが……。

アントニオが楽しそうに声を上げて笑うと、拳で俺の肩をつついて、

「飲みに行くから付き合え。ブランドチーフであるわたしの命令だ。さっさと仕度《したく》しろ」

一階でエレベーターの扉が開いた途端、デザイナー室のメンバーの声が響いてくる。

ロビーに出ると、彼らが背の高い男を取り囲んで、笑いさざめいているのが見えた。

その男は、均整の取れた身体で濃紺のスーツをきっちりと着こなし、こちらに背を向けている。

彼の前には晶也が立っていて、甘い笑顔を浮かべて男を見上げ、

「何時に着いたの？　疲れてるのに、待たせちゃった？」

スーツを着慣れた様子からみて、男は晶也より年上だろう。いつも礼儀正しい晶也が、目上の人間に向かってこんな話し方をするのは珍しいことだ。

……ずいぶん親しいんだろうか……？

「大丈夫。着いたのは、ついさっきだ。……おまえは、いつ見ても可愛いなぁ。会いたかっ

たよ、晶也」

男が、凜《りん》と響く声に、甘い笑いを滲《にじ》ませながら言う。

……会いたかったよ？　ずいぶん親しげじゃないか……！

男がふいに手を伸ばし、愛しげに晶也の髪をかきまわす。周りを取り囲んだメンバーが、それを見て騒いでいる。野川と長谷が、わたしにもー！　と黄色い声を上げる。髪をくしゃくしゃにされた晶也は、少し怒ったような顔でふくれるが、すぐにはにかんだような笑顔に戻って、

「ねえ、今夜はうちに泊まるんだよね？」

……なんだって……？

俺の手から、プラスティック製のデザイン画ケースと、ブリーフケースが滑り落ちる。それらが床にぶつかった音は天井の高いロビーに予想外に大きく響き、デザイナー室のメンバーとその男が、いっせいにこちらを振り向く。

俺は荷物を拾うのも忘れ、その男に目を奪われたまま、呆然と立ちすくんでしまう。

彼は、視線をまっすぐ俺に向けてくる。浮かんでいた優しい笑いが、すっと消える。

栗色がかった髪、高い鼻梁《びりょう》、精悍《せいかん》な目。彫刻を思わせるような、とても端整な顔立ち。挑《いど》むような光をたたえた琥珀色の瞳が、少し日本人ばなれしている。

高貴なイメージのその表情が、誰かに似ているような気がする。

……はっきりいって、ものすごい美形だ。……これは、たしかに強敵かもしれない……。

『ハニーの前で、別の男に見とれるんじゃない。さっさと荷物を拾ったらどうだ？』

アントニオが笑いながらイタリア語で囁いて、俺はやっと我に返る。

足元に落ちたブリーフケースを拾おうとして屈《かが》んだ俺の目に、丹念に磨き上げられた黒の革靴が近づいてくるのが映る。

少し離れたところまで滑っていたデザイン画ケースを、優雅な身のこなしで拾い上げる。スーツだと思った濃紺のダブルの上着には、金色のボタン。きっちり締められたレジメンタル・タイ。金色のタイピンに、見たことのあるエアラインの社章。

「あなたが、黒川雅樹さんですか？」

デザイン画ケースを差し出しながら、男が白い歯を見せて笑う。

接客に慣れている人間らしい、申し分ないほど爽《さわ》やかで、人好きのする笑顔。

……だが、目が笑っていない。いったい、何者なんだ……？

俺は荷物を受け取りながら、むりやり笑顔を浮かべてみせて、

「ありがとうございます。わたしが黒川ですが……失礼ですが、あなたは？」

「ああ、すみません。申し遅れました」

男は、内ポケットから出した名刺ケースから、名刺を一枚引き抜いて差し出すと、

「アメリカーナ・エアラインでパーサーをしています、篠原慎也《しんや》と申します。うちの晶也が

いつもお世話になっています」

……篠原慎也？　……うちの晶也……？

思いもよらぬ展開に、俺は呆然と相手を見返す。

いつのまにか近づいてきていた晶也が、ものすごく困ったような顔で俺を見上げ、

「……あの、紹介します……うちの兄です……」

篠原慎也氏は英語でアントニオに挨拶をし、そのまま英語で話し始める。

慎也氏の英語の発音は見事に流暢《りゅうちょう》で、ネイティブ・スピーカーに近い。

アントニオは久々に俺以外の人間と英語で話せて、しかも相手が見とれるような美青年なのでご機嫌だ。その上、視線が俺と彼の間を往復して、様子をみている。この大変な状況を、面白がっているに違いない。

……まったく。この男の性格を、誰かなんとかしてくれ……。

俺たちは、最近アントニオがお気に入りの、座敷のある居酒屋に来ていた。

晶也は、店に向かう道の途中で、俺の耳に口を近づけて『あの時のことは、秘密になってますから』と囁いた。そして居酒屋に向かうメンバーを残して、足早に駅の方向に消えた。

今、飲んでいるメンバーは八人。悠太郎と篠原慎也氏、柳と広瀬、野川・長谷コンビ、そしてアントニオと俺だ。

「慎也兄ちゃん、久しぶりだよねー。ロスアンジェルス・ステイになる前は、よく晶也を迎

えにエアポートから直行してたのにねー」

悠太郎が、ビールを注ぎながら慎也氏に話し掛ける。

迎えに来ていた？　……だから、デザイナー室のメンバーは、彼のことを知っているのか。

「最後に悠太郎たちに会ったのは、去年の五月か。今だって、毎日迎えに来たいくらいだよ」

慎也氏は、ビールのグラスを傾けながら、チラリと俺の方に視線を走らせる。

去年の五月？　俺が日本支社に来るより前だ。だから彼は、俺の顔を初めて見るはずなのだが……。

……しかし……この視線は、やはり……。

実は、俺と篠原慎也氏は、一度だけ会ったことがある。

あれは、去年の十二月。

俺と晶也は、俺の父親の三人目の結婚相手にさんざん振り回されていた。

一週間の大騒ぎの末、彼女が俺たちに吹っかけた最後の無理難題は、成田空港の公衆の面前でキスをすること。

俺は、彼女に晶也との仲を認めてもらえそうですっかりハイだったし、どうせそんなところに知り合いが居合わせるわけはないと思って、晶也にキスをした。

……しかし……。

「ところで、黒川雅樹さん」

慎也氏は人好きのする笑顔を浮かべたまま、テーブルの向かい側に座った俺をジッと見据《みす》える。

「あなたとは、どこかでお会いしたことがあるような気がするんですが？」

……やっぱり、バレているじゃないか……。

あの時、偶然成田空港にいた慎也氏に、キスの現場を目撃された。晶也はまだ秘密にできていると思っている。

俺は背中を向けていたし、つかまる前に二人で逃げたので、晶也はまだ秘密にできているといると思っている。

晶也は、そのあとの慎也氏からの追及に、人違いだとごまかしていたようだが……あの晶也に隠し事などできるわけがない。態度や言葉で、あっさりバレたに違いない。

……しかし、後ろ姿を見ただけで、晶也のキスの相手が俺だったと見抜くとは……。

「アメリカーナ・エアラインは、何度か利用させていただいたことがあります。その時にお会いしたかもしれませんね」

さりげなく笑って答えながら、俺は心の中で思っていた。

……鋭すぎる……。

悠太郎は、晶也から事情を聞いているらしく、俺と彼の顔を見比べながら、ヤバーい、という顔をしている。

「ところで、悠太郎」

慎也氏は、ふいに悠太郎の方を振り向いて、

「最近、晶也の帰りが遅いようだが……まさか、悪いムシでもついたんじゃないだろうな？」

その言葉に、飲んでいた烏龍茶《ウーロン》が気管に入り、俺は激しくむせてしまう。

「えええーっ？　いや、そんな……ああッ、黒川チーフ、だいじょーぶっ？」

悠太郎が、咳《せ》き込む俺の背中をさすってくれながら、慌ててごまかそうとしている。

「ええっ？　おれたちのあきやさんに、カノジョができちゃったとかっ？」

「うそっ！　なんかおれ、ものすげーショックなんすけどーっ！」

大学生時代からの後輩で、晶也をけっこう慕《した》っているらしい広瀬と柳が、身を乗り出している。

「いや、ちがうよ、カノジョができたとかじゃなくて……」

必死にごまかそうとする悠太郎に、野川が無邪気な声で、

「キャー！　カノジョじゃなくて、カレシができちゃってたらどうするー？　慎也兄ちゃーん！」

メンバーは一斉に笑うが、俺と悠太郎は少しも笑えずに硬直する。そして、慎也氏の顔も心なしか本気でひきつっているような……。

「うちの晶也に手を出した男は……遠慮なくブン殴る」

深いため息をつきながら呟いた慎也氏の言葉に、また一斉に笑いが起こる。

「でたっ！　慎也兄ちゃんのスーパー・ブラコン発言！」

「きゃあ！　やっぱ一度はこれを聞かないと、慎也兄ちゃんが日本に来た！　って感じがしないわよねー！」

「……ね？　すごい強敵でしょ？」

悠太郎が囁いてきて、その言葉に俺は思わずうなずく。慎也氏の鋭い視線が、俺に突き刺さる。

……これは、本当にすごい強敵かもしれない……。

AKIYA・5

「……この上……だよね……」

僕は、目の前の建物を見上げながら呟《つぶや》く。

『レイジ・ツジドウ』の店舗は、前から知っていた。新人の頃、商品を見に来たこともある。青山の一等地に建つ、コンクリート打ちっぱなしと剝《む》き出しの鉄骨でできた、アバンギャルドな三階建て。一階と二階が店舗。三階がオフィスになっているみたい。

僕は建物の裏に回り、洒落《しゃれ》たエントランスを入って、オフィスに続くエレベーターに乗り込む。

そして、ふと気がついて襟の社章をはずす。こんな時間にライバル社の人間がオフィスを訪ねるなんて、どう考えてもアヤシすぎるよね。

エレベーターの扉が開くと、そこはやっぱりアバンギャルドな内装のエレベーターホール。

誰もいないオフィスを想像していた僕は、いきなり目の前に受付ブースがあって驚いてしまう。

今風の服装に身を包んだキツい感じの美人の受付嬢が、ものすごく鋭い目つきで僕を睨《にら》む。

「……いらっしゃいませ。お約束ですか？」

言葉は丁寧だけど、まるで『こんな時間に何しに来たのよ？』と詰問するみたいな口調だ。

僕は、思わずあとずさって逃げてしまいたくなるのを必死で思いとどまって、

「あの、篠原《しのはら》と申します。辻堂《つじどう》社長とアポイントメントが……」

「……うけたまわっております。こちらへどうぞ」

彼女は、僕の言葉をさえぎってだるそうに立ち上がり、奥に続くドアを開ける。

そこには最新デザインのワークデスクが並び、十人くらいの人々が座って、難しい顔で仕事をしている。いかにも少数精鋭・時代の最先端という感じのコワそうな人ばかり。僕に気づくと、彼らは一斉に顔を上げる。好奇心丸出し、という視線が僕を追う。

……やっぱり僕、あからさまにアヤシイよね……。

そのままオフィスをつっきって、応接室らしき狭い部屋に通される。

「社長はすぐ参ります。ここでお待ちください」

無愛想に言い残して、受付嬢が出ていく。

彼女がドアを閉める直前、外のオフィスにいる誰かが、声高《こわだか》に言う声が聞こえた。

「だぁれ、今の彼？　すんごい綺麗《きれい》なコ。やっぱ社長の、新しい、アレ？」

『今の彼』ってことは、僕……だよね。

『アレ』がいったい何を意味するのか解《わか》らないけど、その口調に含まれた嘲笑《ちょうしょう》するような響きに、なんだか少し傷ついてしまう。

ああ……僕、こんなところで、いったい何やってるんだろう？

こんな時間にライバル社の社内をうろうろして、それこそまるで産業スパイみたいじゃないか。

「やあ、篠原君、お待たせ」

いきなりドアが開いて、辻堂さんが入ってくる。ぼんやりしていた僕は慌てて、

「あの、社員の方々がいらっしゃるところに、僕なんかが顔を出して、ヤバいのでは……？」

「なにを気にしているんだ？　さあ、食事にでも行こう」

「あ、あの、ここで打ち合わせをするんじゃないんですか？」

今夜は妙にご機嫌な辻堂さんは、僕の言葉を無視して肩を抱くと、いきなりドアを開ける。

社員の人たちの鋭い視線が、いっせいに僕に突き刺さる。

「ちょっと注目してくれ。紹介しよう、篠原晶也《あきや》君だ」

辻堂さんが社員の人たちに向かって言い、僕は驚きのあまりその場に硬直してしまう。

「いつかヘッドハンティングしようと狙《ねら》ってるんだけどね。今は、某社のデザイナーさんだ」

……うそ。これはいったい……？

「某社ってどこですかー？　外資系？　教えてくださいよー」

近くにいた男の人が、面白そうに言う。この声は……さっきドアの向こうから聞こえてきた……。

「社名は伏せたほうがいいだろう。まあ、外資系というのは当たってるかな？」

辻堂さんは、ゲームでもするような軽い口調で言う。男の人は、僕を不躾《ぶしつけ》に眺めながら、

「外資系って……ショーメ？　ヴァン・クリ？　あ、もしかして、ガヴァエッツリじゃないの？」

「ああー、そうなんじゃなぁい？」

イッセイ　ミヤケっぽい黒の服に身を包んだ女の人が、タバコを振りまわしながら、

「あそこのデザイナー室って、すんごい美形ぞろいなんでしょ？　ねえねえ、篠原君だっけ？」

「は、はい」

興味津々《しんしん》という顔で身を乗り出されて、僕は思わず返事をしてしまう。

「ガヴァエッツリじゃ、イタリア人の副社長が、実力よりカオでデザイナーを選ぶって、ホント？」

僕は、どっぷりと落ちこんでいた。

デザイナー室の皆がどんなに一生懸命仕事をしているか、それを知らない人に何を言われても、関係ないといえば関係ないんだろうけど……。

それに、言った人に悪気があるわけじゃないんだろうけど……。

でも、やっぱり自分の職場があんなふうに言われるなんて、僕にはすごくショックだった。

僕のことは、どんなこと言われても構わないけど……あれは、ガヴァエッリのデザイナー室の皆とアントニオ・ガヴァエッリ副社長に対する侮辱《ぶじょく》じゃないかと思ってしまう。……それに……。

「いやあ、篠原君、悪かった」

辻堂さんは、全然悪いと思っていなさそうな、ご機嫌な顔で言う。

「他社に出入りして手伝いをしたことがバレたら、君は会社をクビになってしまうんだったね。社員たちには、ちゃんと口止めしておくから。……でもまあ……」

軽い口調で言って、食後のコーヒーを一気に飲み干すと、

「クビになったらなったで、うちで働けばいいんだし」

……ああ、勘弁して欲しい……。

僕は、バレないようにそっとため息をついてから、

「あの、デザインの傾向とか、型数とかを教えていただけませんか？　僕、家でラフスケッチを描いて、ファックスでお送りします。そこから選んでいただければ、デザイン画はちゃんと清書して、確実に期限に届くように宅配便にして……」

「いや、ちょっと待ってくれ」

辻堂さんは、僕の言葉を遮って、

「君がガヴァエッリに入社してから描いたデザイン画、それは全部で何型くらいある？」

「全部で……ですか？」

考え込んでしまう。一年間の依頼なんて山のようだし、それが一年と十ケ月で……？

「ちょっと型数では数えられないんですけど……清書だけでもファイルにして七、八冊あります。……あ、もっとかな？」

会社のデスクには置ききれずに、自宅に持ち帰ったりしてる。その上、仕事関係の資料なんかもたくさんあるから……場所を取って仕方がない。

でも、僕は全部大切に保存してる。だって、頑張って仕事をしたあかしでもあるわけだし。

「そのデザイン画のファイルを、すべて渡してくれないか？」

「……は……？」

あまりにも唐突な彼の言葉に、僕は呆気《あっけ》に取られて聞き返す。辻堂さんは、楽しそうな顔で、

「しばらく預けてもらって、それを見ながらデザイン依頼の傾向を決める。いいね？」

「……そ、それは……」

それは、たしかに合理的なやり方かもしれない。だけど……。

デザイナーにとって、自分のアイディアの描かれたものは、一応財産でもあるわけだし……。

それに会社の依頼で描いたものを、他社の人に渡すなんて、それこそ裏切り行為ってヤツで。

「すみません、ファイルをお預けするのは無理だと思います。あなたを信用していないとかではないんですが……」

「……篠原君」

辻堂さんが、いきなり低い声で言い、僕は驚いて目を上げる。

「君は、レイジ・ツジドウを馬鹿にしているのか？」

さっきまでとは別人みたいな、その脅すような口ぶりに、僕は言葉を失ってしまう。

どうして彼がいきなり豹変《ひょうへん》したのか、僕にはその理由が全然解らなかった。

辻堂さんは、鋭い目で僕を射すくめるようにしながら、

「君は、デザイナーになって何年と言ったかな？」

「あの……二年です。もうすぐ三年目で……」

辻堂さんは、僕の言葉を遮って、馬鹿にするようにフッと笑うと、

「その程度のデザイナーから軽く見られるようでは、うちの会社もまだまだだな」

僕は、一瞬言葉につまってから、慌てて、

「軽く見るなんて！　僕、そういうつもりで言ったわけではありません！」

「デザインファイルを渡せないということは、やはりわたしを信用していないいんじゃないのか？」

「……そ、そんなこと……」

「わたしは君を信用して、あのリングの件も水に流したというのに」

「……あ……」

そのことを言われると、僕はもう何も言い返せなくなってしまう。

「篠原君、わたしを信用して、ファイルを預けてくれるね？」

畳み掛けるようにいわれて、僕は思わずうなずいてしまう。

「そうと決まったら、さっそく取りに行こう。今夜は、わたしは車で来ているんだ」

辻堂さんは、唐突にご機嫌な様子に戻ると、伝票を持って立ち上がる。

「ファイルはどこにある？　自宅？　会社だと、持ち出すのが少し面倒だが……」

「あの……自宅ですけど……」

「そうか。君のデザイン画を見せてもらうのが、楽しみだな」

辻堂さんが、声に笑いを滲《にじ》ませながら言う。

そう。彼は僕を信じてくれたんだ。僕も彼を信用しなきゃ。こんな有名なデザイナーさんが、駆け出しの僕の作品なんかコピーしたり、アイディアを盗用したり……なんてするわけがないじゃないか。ちょっと疑っちゃったのは……きっと僕の思い上がりってやつだ。反省しなきゃ。

……だけど、なんだか……。

……よくわからないけど、なにか……。

レストランの階段を上りながら、僕は背中を走る冷たい予感に身を震わせる。


辻堂さんの車は、昔見たミニカーをそのまま大きくしたような、バリバリのスポーツタイプの車だった。ランボルギーニ・ディアブロ。ドアががっぽりと上に向かって開く……ガル・ウイングってやつ。そして色はなんと、派手派手のイタリアン・イエロー。雅樹《まさき》のマスタングも外車だけど、渋いシルバーだし、コンバーチブルって以外けっこうシンプルだ。都心じゃ、幌《ほろ》なんかほとんど開けないし。

アパートに向かう道々、最高速度は何百キロ、とか、新車で買ったからン千万、とかいう話をずっと聞かされて、僕はうんざりしてしまった。車としては綺麗かもしれない。だけどこの日本で、しかも男でその助手席に乗るのは……僕ははっきりいって、そうとう恥ずかしかった。

「こんなところに住んでいるのか？　君のイメージからは想像できないな」

車から降りた辻堂さんが、僕のアパートを見上げながら言う。『こんな』という部分の言い方にちょっと馬鹿にされたような響きを感じて、僕は少し悲しくなる。

「僕、このアパートが気に入っているんです。学生時代からずっと住んでいるので……」

「まあ、人の趣味はそれぞれだが……上がらせてもらっていいかな？」

帰り際、慎也兄さんはデザイナー室の皆と飲みに行った。しばらくは帰ってこないだろうけど……。

「今夜は兄が泊まる約束なので、もう来ているかも……。僕、一人で運べますから……」

辻堂さんを部屋に入れたくないな、と思ってしまった僕は、さりげなくごまかそうとする。

「君の部屋はどこ？」

アパートの窓を見上げながら聞かれて、僕は思わず、

「あ、あそこの、二階の角部屋ですけど……」

「電気が消えている。まだ来ていないんじゃないか？　手伝うよ」

強引に言って、肩を抱く。階段を上りながら、僕はそっとあきらめのため息をつく。

鍵《かぎ》を開けて部屋に入りながら、兄さんと雅樹の様子を思い出して、僕は急に心配になる。

キスしていたことは、ごまかせたと思ったんだけど……なんだか、雅樹を見る兄さんの目が、鋭かったような……？

僕がいなくなった後で、なにか起こってたらどうしよう？

なにかの拍子《ひょうし》にあの時のことがバレちゃって、兄さんが、雅樹をイジメちゃってたりしたら。

僕に関しちゃ、超・過保護の兄さんなら……やりかねない……。

その上、部屋に帰ってきた時に、知らない男なんかがいたりしたら……。

「急ぎましょう。兄が帰ってくると、ちょっと面倒なんです」

玄関に革靴を脱ぎ捨てると、僕は部屋に走り込む。

寝室の隅にある、大きな本棚。僕のファイルは、そこに大切に並べられている。

時間があれば、渡せるものと渡したくないものとを分けることもできたのに。いきなり来られちゃ……全部渡すしかないじゃないか……。

「部屋に男がいると、何か面倒なのかな？　どうして？　女の子じゃあるまいし」

すぐ後ろで辻堂さんの笑いを含んだ声がして、僕はぎくんと飛び上がる。

「い、いえ、そういうことで面倒なのではなく……」

僕はごまかしながらクロゼットを開け、適当な紙袋を探す。

ああ、仕事のファイルを渡すだけなのに、なんでこんなにイヤな感じがするんだろう？

「……篠原君。いいスーツを持っているね」

いきなり言われ、僕は何のことだか解らずに、彼の視線を追う。

そこには、クリーニングから返ってきた雅樹のスーツが、ハンガーにかけられて下がっていた。

僕が着ている安物のスーツとは、仕立ての良さも、そして大きさも、どう見ても全然違う。

「こ……これは、兄のものですから」

慌てて紙袋を出して、僕はクロゼットを閉める。そしてファイルを本棚から取り出して、袋に詰めていく。

ああ、驚いた。彼に雅樹との関係がバレるわけはないと思うけど……やっぱり焦ってしまう。

辻堂さんが帰ったら、急いで隠さなきゃ。このスーツを兄さんに見られたら……本当にヤバい。

ファイルを詰め終わった僕は、ずっしりと重い袋を持ち上げて、

「これで全部です。僕、車まで運びますから……」

「篠原君」

呼びかけられて目を上げると、辻堂さんが妙に真面目《まじめ》な顔で僕を覗《のぞ》き込んでいた。

「……なんでしょう？」

「わたしと黒川《くろかわ》雅樹は、どうして犬猿の仲なんだと思う？」

唐突な質問に、呆気に取られてしまう。少し考えてから、

「お二人とも、コンテストで賞をたくさん取ってて……ライバルだからじゃないんですか？」

「それだけじゃないんだ」

辻堂さんは低い声で言って、僕の顔を見つめると、

「黒川雅樹がゲイだということを、君は知っているかな？」

僕の顔から、血の気が引いてしまう。この人は、雅樹のそんなことまで……？

「大丈夫。それを言いふらす気はない。……実はわたしも、女性よりも男性に興味があってね」

うそ。辻堂さんもゲイだなんて。だけど、そんなことより……、

「……昔、恋人を彼に横取りされたことがある」

あまりにも意外な言葉に、僕の頭はいきなり真っ白になってしまう。

「別の宝飾品会社で働いていた、柏原《かしわばら》という子だ。やはりジュエリーデザイナーだったんだよ」

雅樹に……雅樹に昔、デザイナーの恋人が……？

あんなに格好いい彼に、恋人がずっといなかったワケはない。だけど……、

なんだか僕は、ものすごくショックだった。

「しかも彼は、わたしから奪ったその恋人をあっさり捨てたんだ。なぜだと思う？」

雅樹が……あっさり恋人を捨てた？　うそだ。あんなに優しい彼が……？

「なぜ……ですか？」

我慢できずに呟いた僕の声は、当惑でかすれていた。

「その子は、いい子だったんだが……デザイナーとしての実力は、今一つだった。完全主義者の黒川雅樹には、自分の恋人が完璧《かんぺき》でないことが許せなかったんじゃないか？」

うそ……そんなこと言ったら、そんなこと言ったら、僕なんか……。

雅樹はデザイナーとしての実力はあるし、ハンサムだし、僕から見たら完璧な人だ。

それに比べたら、僕は……、

「わたしはね、黒川雅樹のそういう非情なところが許せないんだよ」

そういえば、雅樹をよく知っている　しのぶさんて女性が言ってた。雅樹は冷徹な完全主義者だって。でも、本当は優しい人なんだ、とも言ってたのに。僕だってそう思ってた。けど……？

「君は、その子にどこか似ている」

辻堂さんが言った言葉は、再び僕の心を貫《つらぬ》いた。

僕が、その人に似ている……？

もしかして雅樹は、昔別れたその人のことが忘れられなくて、僕と……？

「だからわたしは、君のことをどうしても放《ほう》っておけないんだ」

僕は、混乱のあまり何も考えられなくなっていて……だから、いきなり引き寄せられた時には、自分に何が起きたのか解らなかった。

「だが、わたしが君にこんなに魅《ひ》かれるのは、きっとそれだけじゃない」

「……は？」

意味が解らずに聞き返した僕のあごに、辻堂さんの手がかかる。そのまま強引に仰向《あおむ》かされる。

彼の顔が近づいて、唇が、僕の唇に押し付けられる。

……これは、なに？　なんで辻堂さんが、僕に……？

呆然《ぼうぜん》自失している間に、唇が離れる。その時もまだ、僕は目を見開いたままで硬直していた。

「黒川雅樹には、気をつけたほうがいい」

辻堂さんは、低く言って僕から離れると、ファイルの入った袋を、軽々と持ち上げる。

「あの男を信用すると、とんでもないことになるよ」

MASAKI・5

「こらっ！　こんな狭い道に、ランボルギーニなんかで乗り入れるんじゃないっ！」

前方の車を見ながら、助手席の篠原慎也《しんや》氏が叫んでいる。

「あああー、慎也兄ちゃん、声がデカイよー。だからあんなに飲むなって言ったのにー」

後部座席の悠太郎《ゆうたろう》が、嘆《なげ》いている。

俺たちは、会社の傍《そば》の居酒屋に長居して、この時間まで飲んでいた。

最初は凜《りん》として気位が高そうに見えた慎也氏は、飲むにつれだんだん饒舌《じょうぜつ》になり……、

「速度制限のある日本であんなスーパーカーに乗って、どうする気でしょう？　しかも、車体は黄色ですよ。黄色！　おかしいと思いませんか、黒川さん！」

「おっしゃる通りですよ、篠原さん」

実は絡み上戸《じょうご》だった慎也氏をなだめながら、俺は前方を透かし見る。

晶也のアパートの前、狭い駐車スペースをふさぐようにして、その車は停まっていた。

暗がりに、背の高い男のシルエットが現れる。大きな荷物を下げて、前の車に近づく。

「あー、なんか積み込んでる。停められないじゃん。黒川チーフ、バックした方がよくない？」

悠太郎が、うんざりしたように言う。慎也氏が、前の車を指差して笑いながら、

「あっはっは！　ガル・ウイングですよ、あの車！　見ましたか？　黒川さん！」

「はいはい。見ました見ました」

俺は後方を確認しながら大通りまで車をバックさせ、車を停める。

「黒川さん！　ガル・ウイングの車って、ドアを開いたところが、カブトムシが羽を広げた姿に似ていると思いませんか？　飛んでいきそうじゃないですか？　だから見るたびに笑ってしまうんですよ！」

俺は、酔っ払っている彼の言葉に、つい笑ってしまう。

見かけは少しも似ていない篠原兄弟は、妙なところでよく似ている。

気位の高そうな端整なルックスと、それからは想像もつかないほどの無邪気な内面。

そのアンバランスなところが、妙に人を魅きつけるところも。

慎也氏はいきなり俺の肩を摑《つか》むと、真剣な顔で覗き込んできて、

「晶也は可愛《かわい》いでしょう。性格も素直だし。あんないい子はなかなかいないと思いませんか？」

「……ええ。そう思いますよ」

俺は、本心から答える。慎也氏は、まっすぐに俺を見据えたまま、

「おれは、晶也をだましたり、泣かせたりする人間は、絶対に許さないんです」

……俺と晶也が恋人同士だと知ったら、彼は俺をどうするだろうか？

「慎也兄ちゃん、さっき部屋の電気が点《つ》いてた。あきや、帰ってきてるみたいだよ」

「なにっ？　晶也っ！」

悠太郎の言葉に、慎也氏はシートベルトをはずすと、酔っ払っているとは思えないような素早さで車から降りる。そのまま走って角を曲がると、アパートの方に消える。

「いーでしょ、あの人。オレ、けっこう好きなんだよね」

慎也氏の荷物を持って車から降りた俺に向かって、悠太郎が笑う。

「たしかに、いいキャラクターだ。君と、言うことがよく似ているよ、悠太郎」

笑ってしまいながら言うと、悠太郎は、慎也氏のさっきの口調を真似《まね》しながら、

「あきやを泣かせるヤツは、ゼッタイに許さない。……それがあなたなら、なおさら、だぜ！」

角を曲がると、派手なランボルギーニが、エンジン音を響かせて出ていくところだった。

アパートの階段を上りながら、俺はふいに不審に思う。

あんな車は、今までこの辺りで見たことがない。

閑静《かんせい》な住宅街の平和な風景から、浮き上がるように不自然な、あのイエロー。

……なんだろう。またイヤな予感が胸をかすめる。

「あーきやー！」

晶也の部屋のドアを開け、革靴を脱ぎ捨てながら悠太郎が叫ぶ。

「おまえのダーリンの悠太郎と、オマケの黒川チーフが来たぜー！　入るよー！」

言い終わる前に、もう廊下に走り込んでいる。

俺は、慎也氏の、エアラインのマークが入った布製の小型トランクと、スーツカバー、それに折り畳み式のカートを玄関に置き、壁に手をついて革靴の紐《ひも》をほどく。

「ああー、慎也兄ちゃん、制服のまんまで寝るなよー！　上着くらい脱げばー？」

部屋の奥から、悠太郎が慎也氏の世話を焼いている声が聞こえてきて、俺はつい笑ってしまう。

「……黒川チーフ……」

囁《ささや》くような力ない声に目を上げると、リビングとの境のドアのところに、晶也が立っていた。

呆然とした顔で、手に持った紙袋を俺に差し出しながら、

「……あなたのスーツです。あの、兄さんに見られると、ヤバいんで……」

「あ？　ああ、わかった。持って帰ったほうがいいね」

俺は、革靴を脱いで廊下に上がる。

近づいていって紙袋を受け取ると、晶也はふいに苦しげな顔になって、俺から視線をそらす。

……何か変だ……。

「どうした、晶也？　何かあったのか？」

俺が手を上げて頬《ほお》に触れようとすると、スッと身体《からだ》を引いてそれをかわす。

「……いえ。別に何も」

晶也らしくない、何かを拒絶するような口調。

そのまま踵《きびす》を返すと、俺を廊下に置き去りにしたままで、リビングに入っていく。

「あきやー。慎也兄ちゃん、服着たままでベッドで寝ちゃったよー」

「うん、大丈夫。布団だけかけとく。しばらくしたら、起きて自分で着替えると思うから」

悠太郎と話す晶也の声は、いつもとあまり変わらないように聞こえる。

……でも、何か違う。……何かが晶也に起きている……？

……それとも、俺よりも、毎晩会っている誰かの方が大切になってきたのか……？

「のど渇いちゃった！　あきや、水もらうよー！」

悠太郎の声がして、リビングから廊下に走り出てくる。冷蔵庫を開けて、小型のペットボトルに入ったミネラルウォーターを取り出している。

蓋《ふた》を開けてラッパ飲みしながら、ふと立ちすくんでいる俺に気づく。

「……こんなとこで、なに突っ立ってんの？　黒川チーフ」

「晶也は疲れているみたいだ。もう帰ったほうがいいんじゃないかな」

俺が言うと、悠太郎は不審そうな小声になって、

「……今夜どこに行ってたか、晶也に聞かないの……？」

……そう。彼を問いただせばいいんだ……。

今夜どこに行っていたか、毎晩誰と会っているのか。

そして頼めばいい。

恋人である俺を置いて、どこにも行かないでくれ、誰にも会わないでくれ、と。

多分、強制するのは簡単だろう。

そうすれば、俺は眠れない夜を過ごさなくて済む。

晶也のことを、こんなに気が狂うほど心配しなくて済む。

……しかし……そんなふうにすることは、晶也を信じていないということだ……。

つき合いはじめた頃、晶也は『僕の言葉を信じてくれますか？』と俺に聞いた。

俺は『君の言葉を信じよう』と誓った。

「彼を縛ることはできない」

俺は自分に言い聞かせるように呟いた。

「俺は、晶也を信じている」

眉《まゆ》をひそめて俺を見つめていた悠太郎が、ため息を一つついて、一息にミネラルウォーターを飲み干す。空《から》のボトルをいまいましげにごみ箱にほうり込むと、リビングの方に向かって、

「あきやー、オレたち、もう帰るねー！　おやすみー！」

叫ぶと、俺の脇をすりぬけて、そのまま玄関に向かって歩いていく。

「えッ？」

驚いた声がして、晶也がドアのところに姿を現す。すがるような顔で俺を見上げて、

「コーヒーを淹《い》れようかと……ちゃんと豆を買ってきたんで……でも安いヤツだから美味《おい》しくないかな……」

語尾が悲しげに消える。なんだか沈んだ顔をして、足元に視線を落とす。

「君が淹れてくれたコーヒーは、いつだって美味しいよ、晶也」

俺が言うと、晶也はハッとしたように顔を上げる。

「でも、今夜の君は疲れているように見える。早く寝たほうがいい」

晶也の琥珀《こはく》色の瞳が、泣きそうに潤む。俺は、彼の青ざめた頬に思わず手を触れようとし
……気力で思いとどまって腕を下ろす。

「もうおやすみ。……また明日、会社で」

晶也は、俺の顔を見つめたまま、そっとうなずく。消え入りそうなかすれた声で言う。

「……おやすみなさい。また、会社で……」

「ねえ、黒川チーフ。送ってくれるんなら、オレんちまで運転させてもらっていい？」

前を歩いていた悠太郎が、振り返って言う。俺がとても疲れている時、敏感な悠太郎は、すぐに察知して運転を代わろうとしてくれる。しかし、今夜はそんな様子を見せた覚えはないが……。

「構わないが……急にどうした？」

俺はポケットからキーを出し、悠太郎に向かって投げる。彼は、片手でそれをキャッチすると、

「そんなボーッとして。事故られたりしちゃー、かなわないもんね」

ため息をついて、鍵を開けて車に滑り込む。助手席に乗り込んだ俺に、

「ねえ。車に乗る前、先に助手席側にまわって、晶也のためにドアを開けてあげたりする？」

「ああ。暑い日や寒い日に、晶也を外で待たせておけないだろう」

「降りる時も、自分が先に降りて、外から助手席のドアを開けてあげるとか？」

「この車は、助手席が道路側になる。晶也が轢《ひ》かれたら大変じゃないか」

悠太郎は、慣れた様子で車を発進させながら、あきれたように肩をすくめて、

「あのさ。雨の日に傘が一本しかないとするよ。あなたって、あきやにばっかり傘をさしかけて、自分は半身ズブ濡《ぬ》れになるタイプ？」

「当然だろう。晶也に風邪をひかせるくらいなら、自分が全身ズブ濡れになったほうがずっとマシだ」

「ああ……あなたって、やっぱ、ものすごーく過保護かも」

悠太郎は脱力したように言ってから、少しまじめな声になって、

「……あきやのこと、大切に思ってるんだ……？」

こみ合った青梅《おうめ》街道に続くテールランプを眺めながら、俺は黙ってうなずいた。

晶也が大切だ。今の俺には、晶也より大切なものは、何一つ思い当たらない。

「黒川チーフ。もしかして、あきやの外出は、浮気とかそういう単純な問題じゃないかもしれないよ？」

運転をしながら、悠太郎が硬い声で言う。彼の横顔は、いつになく不安そうに見える。

「俺にとって、晶也の浮気は、ぜんぜん単純な問題ではないよ」

動揺を隠そうとしてわざと茶化《ちゃか》した声で言うと、悠太郎は怒った顔になって、

「あきや、本当に面倒なことに巻き込まれてるかもしれない」

「……面倒？」

胸にまた、冷たい予感が走る。悠太郎は、難しい顔で前方を凝視したまま、

「あきやの寝室の隅に、本棚があるでしょう」

「ああ？　たしかにあるが……」

晶也の寝室、クロゼットの脇のスペースに、天井までの高さの本棚がある。二十代前半の彼の年齢では、そこにはマンガや娯楽小説が並んでいそうなものだが……晶也の本棚には、そういう本はほとんど見あたらない。代わりに並んでいるのは、画集、それに宝飾品の写真集。高価な物なので冊数は少ないが、晶也のセンスで厳選された美しい本ばかりだ。そのほかに本棚に並んでいるのは、仕事用の資料。そして晶也のデザインの原点とも言える……、

「まさか、ファイルか何かが持ち出されているとか……？」

俺が呟くと、悠太郎は少し驚いたように、

「あなたって、たまに妙に鋭いな」

「……そうなのか？」

「そうだよ。あきやが大事にしてた、デザイン画の入ったファイル。一冊残らずなくなってる」

イヤな予感に、俺の鼓動が速くなる。不安を抑えつつ、

「実家に送ったとか、そういうことは……？」

「あいつ、仕事のものは手元に置きたいからって、持ってた本をほとんど実家に送ったんだ

ぜ。今さら、一番大切にしてるファイルを送るワケないよ」

俺の脳裏を、昨日の緊急ミーティングのことがよぎる。

……デザインを他社に流している社員がいる……。

……それができるのは、三つの部署、計二十人のうちの誰か……。

俺もアントニオも、デザイナー室のメンバーが関係しているとは、最初から思っていない。だから会議の時も、同じ会社の人々を裏切るような行為をしたその人間に対する怒りしか感じていなかったのだが……まさか……、
もう商品化している古いデザインはまだしも、製作途中のデザイン画は、極秘扱いで社内に置き、持ち出し禁止にするべき物だ。だがデザイナー室のスペースの問題もあるし、資料として共有のファイルにコピーを入れた後は、ほとんど各自が持ち帰っている。

俺は、全身から血の気が引いていくのを感じていた。

晶也は、デザイナー室で働くこと、そしてデザイナー室のメンバーとの人間関係をとても大事にしている。彼の意志で、社員を裏切るようなことが、できるわけがない。

だが……晶也ではどうにもできないようなものに巻き込まれでいるとしたら……？

俺の脳裏を、また辻堂の顔がよぎる。

晶也の指に指輪をはめていた時の、満足げな表情。そして獲物を狙うような目。

俺が怒りのあまりブースを飛び出した後も、辻堂は晶也に何かを話し掛けていたようだっ

た。
そして、次の日から、彼の様子がおかしくなった。
……晶也……。
いつも俺に見せてくれていた、甘えるような、幸せそうな笑顔を思い出す。
……君にいったい、何があったんだ……?

ＡＫＩＹＡ・６

兄さんの規則正しい寝息が聞こえる。

僕は、ベッドの方に光が当たらないように、Ｚライトの向きを調整する。

デザインデスクの上には、内藤《ないとう》君から依頼されたデザインのラフスケッチの山。

今日のミーティングで、内藤君は、僕が必死で描いたラフをどうでもいいような態度で見て、

「もう少し真剣に描いてもらわないと、困っちゃうなあ」

馬鹿にしたように言った。

デザイナー室のメンバーが、息をのんで聞き耳をたてているのが解った。

「……それは、このラフに、何か問題があるってことですか？」

僕はやっとのことで言ったけど、ショックで声がかすれてしまった。

……うそだ。あんなに頑張って描いたのに。

内藤君は、ミーティング用の椅子《いす》にふんぞり返るようにして、

「そういうことです。仕方ないから、あと一日だけ〆切《しめきり》をのばしてあげますよ」

今日の彼は、企画の先輩に言われたのか、嫌々といった様子でデザイナー室に来た。

でも、こんなところを雅樹に見られるくらいなら、僕から先に企画フロアに行くんだった。

僕の視界の端で、チーノ席にいる雅樹が、ふいに立ち上がった。

彼はなんだか怒っているような素早い足取りで、デザイナー室を出て行った。

もしかして、恋人である僕のこんなみっともない姿を見るのは耐えられないと思ったのかもしれない。

青ざめる僕に、内藤君はラフスケッチを差し出しながら、

「明日までに、百型ほどラフを描いてきてください」

目の前の机に、紙ゴミみたいにバサッと投げ出される自分のラフ。

僕は、最後の気力を振り絞って、

「どこがどういけないのか、本当はどういうものを求めているのか、具体的に説明してください。じゃないと、これ以上、ラフの広げようがありません」

「そんなこと、ぼくに言われてもね」

立ち上がった内藤君は、見下すような態度で僕を見つめ、

「篠原さん。プロならプロらしい仕事をしてくださいよ……じゃ、また、明日」

フッと鼻で笑われて、打ちひしがれた僕は、もう立ち上がることもできなかった。

「……頑張ればいいんだ。頑張って、雅樹も驚くくらいの、すごいデザインを描けばいいんだ……」

目の前には、まだ一型も描けていない、白紙の状態のラフスケッチ用紙。

僕は、自分に言い聞かせて呟く。

「……やればできる……やればできる……」

手を動かして描き始めれば、何かしらイメージが湧《わ》いてくるはず。

でも、ぼくのシャープペンシルの先からは、何のアイディアも生まれてこない。

たとえば、前に提出したラフが、納得いく出来じゃなかったとしたら、話は簡単なんだ。今度こそ納得いくように描けばいいんだから。

だけど、僕は自分が納得できるレベルのラフをそれこそ何百型も描いた。

宝石がついているわけじゃない、シンプルなデザインのプラチナリング。そのラフをそれだけ描くのは、はっきり言ってものすごく大変だった。

僕の感覚から言えば、商品化していいようなものがたくさんある。しかも、売れる自信もある。

……だけど……そんなことを思うのは、僕の思い上がりだろうか？

僕の感覚は……間違っているんだろうか？

自分の感覚が信じられない……僕はもう、デザイナーなんかでいる資格はないかもしれない……。

「……晶也……？」

兄さんの寝ぼけた声に呼ばれて、考え込んでいた僕は慌てて振り返る。

「……いつも、こんな時間まで仕事をしているのか……？」

すっかり熟睡していると思ったのに、起き上がってこっちを見ている。

「あ、いや、ちょうど〆切前だから…… 兄さん、着替えて寝たほうがいいよ」

僕は言って、立ち上がる。兄さんは、目をこすりながらベッドから下りて、

「ああ……そのまえにシャワーを浴びてくる……」

よろよろしながら寝室から出ていく。僕は、兄さんが前に置いていったスェットスーツの上下を探そうとして、クロゼットの中の引き出しを開ける。

一番上にたたんであった雅樹のブルーのパジャマを見て……何かが刺さったように胸が痛む。

僕はさっき、雅樹の顔をまともに見ることができなかった。

雅樹に、昔、デザイナーの恋人がいた。

あの優しい彼が『デザイナーとしての実力がない』なんて理由で、恋人を捨てるなんてこ

と、するわけがない……と思う。

……だけど……。

雅樹と僕が知り合えたきっかけは、僕がデザインしたプラチナの商品だった。

雅樹は『君の卓抜したセンスに惚《ほ》れ込んだ』と言ってくれた。

そしてその後も『君のデザインが好きだ』って励《はげ》まし続けてくれてる。

……でも……、

自分なりに精いっぱい頑張ってはいるけど、僕のデザインなんか全然ダメだ。

僕に、そんな卓抜したセンスなんかあるわけがない。

だって、もしそんなものがあるとしたら、こんなことで行き詰まったりしない。

雅樹が誉《ほ》めてくれてるのは、きっと、何かの偶然でそう思い込んだだけ。

……僕の本当の実力がバレたら……、

……本当は、僕のセンスなんか全然ダメなことを見抜かれたら……、

その時は、彼の前の恋人みたいに……僕は捨てられてしまうんだろうか……？

座り込んでぼんやりしていた僕は、シャワーの音が止まったのに気づいて、ハッと顔を上げる。

どうみても僕のじゃないパジャマがここにあるのを、兄さんに見られたら、ヤバい。

僕は引き出しの一番下に雅樹のパジャマを隠し、代わりに兄さんのスエットを取り出して引き出しを閉める。バスルームの前まで行って着替えを置いて、

「兄さん、着替えここに置くね。……何か飲む？」

「んー、おれがお茶を淹れるよ。お湯を沸《わ》かしてくれ」

僕がヤカンを火にかけている後ろで、兄さんがゴソゴソ着替えながら、

「……晶也。おれ、黒川さんと話したよ」

「えええッ？」

僕は、叫んだ拍子にヤカンをひっくり返しそうになる。

……まさか、あの時キスしてたことを、いきなりバラしちゃったの？

ドキドキしながら振り向くと、兄さんは、どうした？　って顔で僕を見つめて、

「話したって……な、何を？」

「何って……会社のこととか、おまえの仕事のこととか。彼、おまえのことをとても誉めてくれてたぞ」

……よかった。バレてなかった……。

兄さんは、玄関のところに置いてあった荷物を持ち上げて、和室に入っていく。

「晶也、おいで。おみやげがあるから」

「わーい。どこの？」

いつも、兄さんが荷物を開く時はすごくドキドキするんだ。高価じゃないけど楽しいおみやげが入っていたりするし、それよりも嬉《うれ》しいのは、いろいろな国のみやげ話を聞かせてもらえるから。

でも今夜の僕は、何だか沈んだ気持ちのまま、むりやり元気な様子をつくってる。

兄さんは、布製トランクのファスナーを開けて、次々に包みを取り出しながら、

「これは、飛行機のファーストクラスのおみやげだ。余りもののシャンパン、チーズ、キャビア」

「うわあ。またこういうものをー」

余りものとかいいながら、もちろん封は開いてない。しかも日本で買ったら、ものすごく高価なものばっかり。

「こういうことして、怒られないのー？」

兄さんは、片目をつぶって笑うと、人差し指を唇の前に立てて、

「うちのチームは、パーサーもスチュワーデスも仲良しだから。弟のところに行くって言ったら、皆が荷物につっこんだんだよ。社員の特権、特権」

僕は、思わず笑ってしまう。兄さんは、トランクから怪《あや》しい包みをいくつも取り出して、

「この間の休暇に、マレーシアとインドネシアに行ってきた。これはマレーシアのカメロンハイランドっていうところのボー・ティー。美味しいよ。あと、これはバリ・コーヒー。不《ま》

味《ず》いぞ」

「不味いって言いながら買ってくる人って、あんまりいないよねー」

「不味いといえばこれはもっと不味い。先月行ったペルーのお茶。高山病に効《き》くけど、畳の匂《にお》いがして、畳を煎《せん》じたみたいなすごい味がするんだ。もちろん、不味いだけで身体に害はないが」

「わあ。害はなくても、そんなお茶、飲みたくないー。高山病になる予定もないしー」

言いながら笑うと、兄さんは優しい目をして僕の髪をかきまわして、

「おまえがもっと休暇が取れれば、一緒にいろいろなところに行けるのにな」

「うちの会社、休暇はカレンダー通りだから。入社二年目だから、長い有休はちょっと取れないし。チーフクラスになると、休みも取れるし、海外出張とかもあっていいんだけどね」

台所から、お湯の沸いた音がする。兄さんが、お茶の包みを持って立ち上がる。

ちゃんとポットやカップのしまい場所を覚えてるみたいで、手際良くお茶を淹れて持ってきてくれる。お盆の上には、ガラス製の紅茶用のポットと、アクタスで買ったおそろいのマグカップ。

僕の部屋はお客さんが多いから、歯ブラシと同じで、皆勝手なカップを持ってきてキープしている。二つおそろいの色違いになっているのも、一組だけあるけど……アクタスのこれは、僕と雅樹のカップだ……。

「あ……どうもありがとう」

兄さんが淹れてくれたお茶の、雅樹のカップに注《つ》がれた方を取る。彼のものを誰かが使うのって、ちょっとフクザツだから。兄さんと雅樹の間接キスなんて、ちょっとゲゲッて感じだし。

僕は、なみなみと注がれた琥珀色のお茶を、おそるおそる飲んでみて、

「いい香り。すごく美味しい。よかった、畳の味のお茶じゃなくて」

「あれは秘密兵器だからな」

兄さんは、フッフと笑ってなんだか謎《なぞ》の言葉を言うと、僕の顔を見つめて、

「あの黒川さんって……」

「……え？」

僕の心臓は、またドキンと跳ね上がる。兄さんはちょっと笑って、

「いい人だな。最初は、すごいハンサムだから、ちょっと意地悪そうだなと思ったけれど」

「うん。あの人ってモデルさんみたいに顔が整ってるから、プライドが高そうで、ちょっと怖く見える。僕も最初は、嫌われてるのかと思っちゃった」

彼がまだイタリア本社勤務の頃、日本支社に視察に来る機会があった。

僕は、前々からガヴァエッリの作品カタログを見て『黒川雅樹』という人の作品に憧《あこが》れていた。

作品の優雅な緻密《ちみつ》さ、完成されたライン、ストイックな感性。

きっとセンスがあるだけじゃなくて、本人も素晴らしい人なんだろうと思ってた。

だから僕は、デザイナー室に入ってきた雅樹を初めて見た時、完全に舞い上がってしまった。

背が高くて、ものすごいハンサムで……今思えば、僕は彼に一目で恋をしてたんだ……。

そして、なんと同じ会社の上司にあたる人にサインをねだるという暴挙に出てしまった。

悠太郎が出てきて僕をひっぱっていったから、ついにサインはもらえなかったんだけど、そのハプニングは『篠原晶也・サイン事件』として、後々まで皆のギャグのネタにされてたんだよね。

その時の、僕を見つめて動きを止めていた雅樹の顔を、僕はずっと忘れられなかった。

彼が日本支社に異動してきてからも、僕は、きっとアキレられてる、きっと嫌われてる、と思い込んで、半年くらい彼とまともに話もできなかった。

あのとき彼が呆然としていたのは、僕に一目惚れしたからだ、なんて嬉しすぎる言葉を聞いたのは、初めて会ってからずっと時間が経《た》ってからだったんだよね。

「……黒川チーフって、すごく優しい人なんだ」

呟いてしまった僕は、兄さんの不審そうな視線に気づいて、慌てて、

「いや、あの、仕事の相談とかにも、のってくれるし……」

「晶也」

兄さんは、ふいに僕の言葉をさえぎって、なんだか怖いほど真剣な顔になって、

「もう一度聞くが、本当にエアポートで男とキスしていたのは、おまえじゃないんだな？」

「え？　……う、うん」

僕は青ざめながら、やっとのことで答える。兄さんは、僕を覗き込むようにして、

「ということは、あの時、おれが見た後ろ姿は、あの黒川さんって人じゃないんだな？」

「ち……ちがうよ」

そうだ、なんて答えたら、雅樹が何をされちゃうか解らないよ……。

「わかった。それならいい」

兄さんは、ため息をついてから、ちょっとホッとしたように笑って、

「晶也の言葉を信じる。しつこく問い詰めて、悪かったな」

……え？

「おまえが男とデキちゃってたりしたら、どうしようかと思った」

その言葉に、僕の心がズキンと痛む。

「おまえは可愛い上にボーッとして、だまされやすいから。ずっと心配してたんだぞ」

兄さんは、笑いながら僕の髪をかきまわして、

「頼むから、ホモなんかになって道を踏み外さないでくれよ。おれは、おまえに似た、可愛

い甥《おい》っ子か姪《めい》っ子を抱くのを、ものすごく楽しみにしてるんだからな」
兄さんの言葉は、僕の心の中に、重く、冷たく、ゆっくりと沈んでいく。
兄さんにも、いつか告白しなきゃいけない。
僕は、雅樹を愛していること。
彼と、ずっとずっと一緒に生きていくつもりでいること。
……だけど……もしかしたら……、
……僕と雅樹は、もしかしたら、もうすぐだめになっちゃうかもしれない……。

MASAKI・6

青ざめた顔の晶也が、朝から黙々とラフを描き続けている。

悠太郎が、さっさと事情を聞け、という顔で俺を睨んでいる。

俺は、晶也と話がしたくて、彼が毎朝コーヒーを飲みに行くファーストフード店で待っていた。

そして始業ギリギリまでいたが、とうとう彼は姿を見せず……仕方なく出社すると、彼はもうデザインデスクに向かって仕事を始めていた。

憔悴《しょうすい》しきった晶也は、気力で持ちこたえているだけ、というように見える。

そのはかなく崩れ落ちてしまいそうな様子に、俺の胸はキリキリと痛む。

……チャンスを見て、晶也から事情を聞かなければ……。

「Buon《ブオン》 giorno《ジョールノ》！　アキヤ、君の兄上は、ものすごい美形だな！」

朝からずっと重役会議に出ていたアントニオが、部屋に入ってきながら能天気に叫んでいる。

晶也は、顔を上げ、疲れたように笑って、

「……すみません。ゆうべは兄が酔っ払っちゃったみたいで……」

「いや、酔っ払ったシンヤは面白い！　気に入ったぞ！」

「オレたちの慎也兄ちゃんを、呼び捨てにすんなー！」

不機嫌な悠太郎がアントニオに嚙《か》み付いているが、これはどう見ても八つ当たりだ。

アントニオが、怒った悠太郎を見て楽しそうに笑って、

「ユウタロ、君はシンヤに嫉妬《しっと》しているのか？　これは脈ありかな？」

「うわー、信じらんない！　オレ、イタリア語じゃなくてボクシングとか習おうかなー？」

悠太郎が空中にジャブを入れているところで、アントニオの席の電話が鳴る。

アントニオは受話器を取ると、悠太郎に片目をつぶってみせて、

「試合なら受けてたつ。……はい、アントニオ・ガヴァエッリだ。……え？」

電話の声に耳を傾けていたアントニオの顔が、みるみるうちに厳しくひきしまる。

小声で二言三言話してから、唐突に電話を切る。素早く立ち上がって、

「会議に行ってくる。……ミスター・クロカワ、君も出席してくれ」

アントニオが名字で呼ぶ時は、ただごとではない。俺の胃のあたりから、血の気が引いていく。

アントニオが入っていったのは、会議室ではなく、流通課のフロアにあるコピー室だった。

「お疲れ様です」

中で待っていたのは、やはり監査部の岩倉《いわくら》部長だ。

「……で？　何がわかったのか、詳しく説明してくれないか？」

俺が後ろ手にドアを閉めたのを見計らって、アントニオが言う。

俺は祈るような気分で、岩倉部長の言葉を待つ。

ああ、この事件と晶也とはなんの関係もないことを、一刻も早く証明して欲しい。

岩倉部長は、鬼瓦《おにがわら》のようにごつい顔に厳しい表情を浮かべて、

「デザインを誰から買っているか、などということは、どの会社でも知らぬ存ぜぬでした。ただわたしの知り合いがいる会社が一社あって……ラフはファックスを使って各社に送られ、注文があったものはデザイン画にして宅配便で売られていたことがわかりました。代金は銀行振込にされていたようです。……その振り込み先の口座番号を調べるのは、我々には無理だったのですが」

「ラフを送った時のファックスの送り主のナンバーはプリントされていなかったのか？　それがわかれば、誰の自宅から発信されたかはっきりするだろう？」

「いえ。自宅からではなく、この部屋の回線から発信されたことになっています。それがわかったのは、今朝だったのですが……」

岩倉部長は、コピー室の隅にある旧型のファックスを示す。

ほかのフロアのコピー機やファックスは、オフィスの中にあって目立ちやすい。商品流通部はコピー機を使う頻度が高いのでこの部屋が作られたが、ほかのフロアのお下がりともいえる旧型の機械が埃《ほこり》をかぶって並んでいるところをみると……あまりこの部屋を利用する人間はいないのだろう。ここなら、終業後でも人目につかずに簡単に出入りできる。

「しかし……社内から送るなんて、ずいぶん大胆ですね。発信ナンバーがプリントされないように設定して、自宅のファックスから送ることもできるでしょうに」

俺が思わず呟くと、岩倉部長はちょっと笑って、

「それは、自宅にファックスを持っている人の発想ですよ。自宅の電話がファックスつきでないか……でなければ、社内からラフを持ち出すのが難しいとか……」

俺は少し不思議に思う。デザイナーなら、ラフを持ち出すことなど少しも難しくはないが……？

「せめて、駅かコンビニエンス・ストアのファックスでも使っていれば、どの辺りに住んでいる社員なのかだけでもわかったでしょうに」

俺が言うと、岩倉部長は少し言いにくそうに口籠《くちごも》ってから、

「実は……ファックスを送った社員の目星はついているんです」

……目星はついている……？

岩倉部長は、隅にあったテーブルの上から、伏せられていた紙を一枚持ってくる。

紙の大きさはＡ４。紙自体は新しいもののようだが、埃にまみれている。

岩倉部長は、紙を叩《たた》いて埃を払い落とすと、

「ファックス台の後ろに落ちていたのを、今朝見つけました。紙受けトレイが壊れているので、滑り落ちたんでしょう。他社に送られたものと同じデザインのラフスケッチです」

岩倉部長の差し出したスケッチ用の方眼紙を覗き込み、そのまま俺は凍り付いた。

……完成されたライン、優美な曲線、どんな低額の仕事でも手を抜こうとしない、これは……、

「コピーなら、誰が送ったのかわからないところでしたが……これは原本です。ラフスケッチの原本を持てるのは、担当したデザイナー本人だけでしたね。サインの部分は消されていますが、デザインファイルと照らし合わせれば、デザイナーが誰なのか、すぐにわかります」

……晶也……。

……これは、晶也のラフだ……。

……だが、違う……。

……絶対に、晶也がそんなことをするわけがない……。

呆然としている俺とアントニオに向かって、岩倉部長が、

「即刻、これを描いたデザイナーを呼び出しましょう。問い詰めればきっと……」

「ちょっと待ってください」

勢い込んでいる岩倉部長の言葉を、俺はさえぎった。

「デザイナー室で、事前に調べたいことがあります。本人を呼び出すのは、もう一日だけ待っていただけませんか？」

岩倉部長は不審そうに俺を見てから、アントニオの方に顔を向け、

「副社長のご意見は？」

アントニオは、自分を抱きしめるような格好で腕を組んだまま、鋭い目付きでラフを見つめていた。しばらく考えてから、呟くような低い声で、

「……いいだろう。本人に事情を聞くのは、明日まで待つことにする」

「そうしていただけると助かります」

俺が言うと、アントニオは目をそらしたままうなずく。それから岩倉部長の方を向いて、

「もしかしたら、今夜もその社員がここに現れるかもしれないな」

岩倉部長は、解っている、という顔で、

「残業している社員がいる間は、それとなく見張っていますので」

「……頼むよ、ミスター・イワクラ」

アントニオが、らしくない、なんだか疲れたような声で言う。

そして踵を返すと、コピー室のドアを開けて出て行く。

ドアを閉めなかったところを見ると、さっさとついてこい、ということなのだろう。

「勝手を言って申し訳ありません。……失礼します」

俺は岩倉部長に頭を下げると、アントニオの後を追って廊下に出る。

アントニオはエレベーターの前で、さっきと同じ、自分を抱きしめるような格好で立っていた。

まつげを伏せるようにしてうつむいたその顔は、とても苦しげに見える。

俺が近づいて、押されていなかったエレベーターの上りを示すボタンに手を伸ばすと、
低い声で、名前を呼ぶ。ボタンに指が届く手前で動きを止めた俺に、

「……マサキ」

「……万が一、その社員というのが、アキヤだったらどうする？」

「晶也ではありません」

俺が断言すると、アントニオは下を見つめたまま、口元で微笑《ほほえ》んで、

「そう言うと思ったよ」

俺は手を伸ばし、デザイナー室へ帰るのとは反対の、下に向かうボタンを押す。

彼がうつむいていた顔を上げ、俺を見つめる。俺は、

「お話ししておきたいことがあります。少しお時間をいただいてよろしいですか？」


俺とアントニオがデザイナー室に入ると、晶也は企画担当者とのミーティング中だった。

「……まあ、こんなものですかね」

企画担当者の内藤が、横柄《おうへい》な態度で言って、ラフを持って立ち上がる。

「明日までお預かりします。今回はなんとかアップできそうですよ」

「……よろしくおねがいします」

晶也が疲れ切ったような声で言って、頭を下げている。

内藤は、顔を背《そむ》けるようにしてこちらを振り向き……俺とアントニオがドアのところに立っているのを見て、不自然なほど驚いている。

「お疲れ様です」

俺が言うと、彼はモゴモゴと挨拶《あいさつ》らしきものを呟き、目をそらしながら脇を通り抜けて廊下に姿を消す。

その後ろ姿を見送ってから、俺が晶也に声をかけようとした時、

「晶也くーん！」

電話を取っていた長谷《はせ》が、受話器を上げて晶也を呼ぶ。

「電話、外から！　内線の二番にまわすねー！」

「あ、うん！　お願いします！　……誰？　もしかして、また兄さん？」

言って、慌てて立ち上がる。

その拍子に立ち眩《くら》みでもしたのか、晶也の身体がフワッと不安定に傾く。

身体を支えて椅子の背を握った彼の手が、痛々しく白い。

思わず一歩踏み出した俺は、自分に向けられた晶也のどこか苦しげな目を見て、そのまま凍り付く。

「慎也兄ちゃんじゃないよぉ。……なんか気障《きざ》っぽい感じの男の人。誰だかわかる？」

晶也の表情が、曇る。だが、電話の相手には心当たりのある顔だ。

「うん。わかる。サンキュ」

晶也は言って、俺から離れて部屋を横切っていく。

「……はい。お電話代わりました。篠原です」

電話を取ると、人に聞かれたくないというように、低くひそめた声で言う。

「マサキ」

ぼんやりと彼の姿を見つめて突っ立っている俺の腕に、アントニオが軽く触れ、

「……事情を聞くのは、おまえに任せる。だが、時間は明日までだぞ」

俺がうなずいたのを確認しながら、アントニオはブランドチーフ席に戻っていく。

俺はその後を歩いて自分の席に座りながら、晶也が電話をしている声から意識を離すことができなかった。

「……はい……はい……え？　これからですか……？」

晶也が、ひそめた声で言う。そして、考えこむようにしばらく黙る。

俺は両手で顔を覆《おお》うと、目を閉じて、身体の内側から灼《や》かれるような痛みに耐えていた。

電話の相手は、毎晩晶也が会っている男だろう。

ゆうべ晶也のアパートの前で見たランボルギーニ、あれはきっと、この男のものだ。

晶也は『自分の内面みたいだ』と表現したあの部屋に、彼を入れたんだ。

そして、俺が心酔してやまないその作品のすべてを、簡単に彼に渡してしまった。

「……わかりました。あと三十分で終業ですから。失礼します」

かすれた、力ない声で言うと、晶也は電話を切る。

……疲れきって、そんな青ざめた顔をして、それでもその男に会いに行くのか……。

「黒川チーフ！」

呼ぶ声に目を開けると、机に立てられた本の向こうから、悠太郎が覗いている。

「居眠りしてないで、仕事してよー！　あなたが肘《ひじ》の下に敷いてんの、オレの清書。ちゃんと見てくれた？」

「……ああ、すまない。ちょっと待ってくれ」

肘の下敷きにしていた清書用紙を、慌てて引っ張り出す。

一枚目をざっと点検してからめくると、二枚目の清書にポストイットが貼られている。

『オレ、今夜こそあきやの後をつける！　クルマ貸して！』

クセのある字で、書きなぐってある。

目を上げると、悠太郎はクロッキー用紙を千切って何かを書き、ファイル越しに俺に渡す。

『ゆうべの黄色いランボルギーニが、会社の前で待ってる。嘘《うそ》だと思うなら、トイレの窓から見てみなよ！』


「まさか、こんなことをすることになろうとは……」

俺は、運転席で呟いていた。

柳《やなぎ》と広瀬《ひろせ》に晶也を引き止めておいてもらい、その間に俺と悠太郎はデザイナー室を出て、地下の駐車場に停めてあった車に乗った。そして会社の前の道路で晶也が出てくるのを待っている。

前方数十メートル先には、あの黄色のランボルギーニ。運転席には、顔は見えないが、男がひとり。

「あッ、ヤバいっ！」

助手席に沈み込んでいた悠太郎が、慌てた様子で身を起こす。

彼の指差した方向、道路の向こう側を、篠原慎也氏がのんびり歩いてくる。

黒いタートルネックのセーターとGパンの上に、コートを羽織った普段着姿だ。

今日も休暇だと言っていた彼は、暇《ひま》になって晶也を迎えに来てしまったのだろう。

「うわ。晶也が男の車に乗り込むとこなんか見たら、慎也兄ちゃんが凶暴化しちゃうよ」

言いながら助手席のドアを開け、車から飛び出していく。そしていきなり彼の腕をつかむと、車の方に走って戻ってくる。

引っ張ってこられた慎也氏が、

「どうしたっていうんだ、悠太郎？　晶也はどこだ？」

不審そうに言ってから、ふと車の中にいる俺に気づく。そして、

「黒川雅樹さんじゃないですか。ゆうべは酔っ払ってしまって失礼しました。……晶也は？」

真面目くさって言うが、あの酔っ払った様子を見てからだと迫力は少しもない。

「ああ……篠原君は、その……」

「慎也兄ちゃん、あきやは残業みたいだよー。だから、先に部屋に帰ってたほうが……」

ごまかしている悠太郎の肩越しに、慎也氏が誰かを見つけたようだ。その顔つきが急にこ

わばったのを見て、俺はその方向に視線を移す。

正面玄関から出てきた晶也が、前方に停まっている車の方に向かって歩いていく。夕闇《ゆうやみ》の中に浮かんでいたランボルギーニのガル・ウイングが、上に向かって開く。そこから男が降りてくる。車の前をまわり、晶也の方に歩み寄っていく。

背の高い身体をダブルのスーツで包み、気障な仕草で髪をかき上げる。……この男は……、……辻堂怜二《れいじ》……。

辻堂は、目を伏せた晶也の肩をすっぽりと抱くようにしながら助手席のドアを開ける。晶也が、人目をはばかるように素早く、辻堂の車に滑り込む。

心の隅で予測していたとはいえ、その光景は、俺にはそうとうショックだった。

……俺の晶也が……、

……辻堂と……。

閉じ込めるようにドアを外から閉めるヤツの唇に、前に見たのと同じ、満足げな笑みが浮かぶ。

……ああ……悔しさで、このまま気が狂ってしまいそうだ……！

「ああ、うちの晶也が男と！　しかもゆうべのカブト虫車じゃないか！　あいつはいったい誰なんだっ？」

慎也氏が驚いたように言っている間に、辻堂が運転席に乗り込む。晶也の乗った車は、乱暴に急発進する。

「ああっ、あきやが行っちゃう！　もういい、慎也兄ちゃんも乗ってーっ！」

助手席のドアが開き、悠太郎が慎也氏を押し込めている。悠太郎も後部座席に乗り込んだのを確認すると、俺は辻堂と晶也の後を追って、車を発進させる。

AKIYA・7

……具合が悪い……。

ご機嫌で話し続ける辻堂さんの言葉に、僕はあいづちを打つのが精いっぱいだ。

寝不足と、疲れと、そして重なるプレッシャーで、僕の体調は最悪だった。

「篠原君。夕食は、何がいい？」

「あの……」

夕食という言葉を聞くだけで、吐き気がする。僕は勇気を振り絞って、

「ちょっと体調を崩していて、食事はできそうにないんです。打ち合わせをすませて、今夜はできれば早目に帰りたいんですが……」

また怒られるかな、と怯《おび》えたけど、予想に反して彼はご機嫌な様子のままで、

「そうか。じゃあ、わたしの家に行こう。ファイルはそこにあるんだ」

……よかった、早く帰れる……。

連れて行かれた辻堂さんの家は、庭のある大きな一軒家だった。都内のこの一等地にこれ

だけの家を持てるなんて、やっぱりすごいお金持ちなんだろう。

格好はいいけど妙に座りにくいソファーにはまり込んで、僕は広いリビングを見回していた。部屋の内装は、会社とよく似たアバンギャルド。靴を履《は》いたまま入る洋式なところが、ますますオフィスにいるみたいで落ち着かない。

打ちっぱなしの壁、むき出しの鉄骨、極端な間接照明。置いてある家具は、いかにもイタリアの最新デザインのものばっかりなんだけど……部屋の広さの割には天井が低いせいか、なんだか妙に居心地が悪い。家具と家具のバランスも、ちょっとイマイチな感じ。

ソファーのサイドテーブルに、一つだけどうみても不似合いなアールヌーボーのスタンドが置いてある。凝った意匠、繊細《せんさい》な細工《さいく》。高いものじゃないかもしれないけれど、いい具合に時代を経《へ》ていて……これは趣味のいい品だ。内装とはテイストが合わないのに、それでもここに置いてあるってことは、本当は気に入っているものなんだろう。

すごくお金をかけたらしい、この部屋のすべての家具より……このスタンド一個の方がずっと価値があるような感じがする。

もしかして……僕はふいに思う。……辻堂さんは、コンクリートも、鉄も、アバンギャルドなプラチナも、本当は全然好きじゃないのかもしれない。

イメージとか、売れ筋とかにとらわれて忘れてるのかもしれないけど、本当の彼のテイストは全く違うところにあるのかもしれない。

「待たせてすまなかったね」

目を上げると、お盆の上にワインの罎《びん》とグラスをのせた辻堂さんが立っていた。

うそ。別の部屋に消えたから、ファイルを取りに行ったんだと思ったのに。

「あの、僕、今夜はお酒はけっこうですので……」

「せっかくの金曜の夜だ。一杯くらいは飲んでもらわないと、仕事の話は始められないな」

強引にグラスを持たされ、ワインが注がれる。

……そんなふうに言われたら、飲まないわけにはいかないじゃないか……。

ムリヤリ流し込むと、アルコールが食道を熱くしながら下りていくのが解る。そしてほとんど空っぽの胃を、ジワーッて感じで熱くする。これは……早く引き上げないとホントにヤバい。

「あの……打ち合わせは……」

グラスを置いて僕が言うと、辻堂さんは、肘の下に挟んできたコピーを取り出して広げる。

僕のファイルにあったデザイン画からのコピー。しかも、けっこう気に入ってるものばっかり。

あの分厚いファイルを持ち歩くのは面倒とはいえ、借りたファイルから持ち主に無断でコピーを取るのって……そうとう失礼じゃないのかな？　僕はちょっとムッとしつつ、

「わかりました。この傾向で新しくラフを描きます。ファックスでお送りしますので、いつ

までに……」

「ああ……このままでいい。時間がないんだ。適当に少し変えて、すぐ商品化させてもらうよ」

「……え？」

僕は、耳を疑った。だって、このデザイン画はガヴァエッツリで商品化が決まった清書なんだ。このまま作ったら、ガヴァエッツリがコピーしたみたいになっちゃうよ。

「あの、これもこれも、ガヴァエッツリの方でイタリア本社の工房に送ってますので……」

「ガヴァエッツリのことなんか、どうでもいいだろう。……篠原君」

いきなり苛立《いらだ》った声で言葉をさえぎられ、腕をつかまれて、僕はソファーの上であとずさる。

「うちの会社に来なさい。黒川などと一緒にいては、君はダメになってしまう」

「……は？」

彼は会社に来いだのヘッドハンティングだの言ってたけど、僕はずっと冗談だと思ってた。

「給料は、今の三倍は出そう。もう、あんな古いアパートなんかに住むことはないんだよ」

「ちょ……ちょっと待ってください……」

腕をつかんで迫ってくる辻堂さんの顔は、怖いほど真剣だった。

「最初はわたしのアシスタントだが、そのうちにきちんと君の名前のブランドをもたせてあげるから……」

「いえ、僕には、まだそんな実力は……」

いきなり乱暴に引き寄せられて、酔いと疲れでクラッと眩暈《めまい》がする。

「篠原君。デザイナーとしてやっていくつもりなら、もっと欲を持たなくてはいけないな」

冷たい目をして笑う。顔が端整なだけに、この人のこういう表情は、なんだかすごく怖い。

彼の顔が近づいてくる。顔をそむけようとするけど、両手で頰を挟まれて、もう逃げられなくなる。

「……んん……」

無理やり奪われるキス。息ができない。酸欠と貧血で、僕の目の前が暗くなる。

……いやだ。なんで、こんなこと……？

やっと唇を解放されて喘《あえ》ぐ僕に、辻堂さんは刻薄な笑いを浮かべてみせて、

「昨夜キスした時も抵抗しなかった。そして今夜はわたしの家までついてきた。これはそれ以上の関係になってもオーケーということだね？」

「ち、違います！　僕、そんなつもりは全然ありません！」

彼の手を振りほどいて立ち上がろうとするけど……襲ってきたひどい眩暈に思わずよろけてしまう。

……ああ、なんだってこんな時に……。

辻堂さんは、フラついている僕の身体を捕まえて、そのままソファーの上に乱暴に押し倒した。

僕は、雅樹以外の誰とキスしたって、全然なんにも感じない。

だから悪いけど、ゆうべ彼とキスしたことなんか、もうすっかり忘れてた。

……そうだ……彼はゲイだったんだ……。

……だから、一人で家までついてきたりしたら、こんなことが起きてもおかしくなかったんだ……。

僕は、のしかかってくる彼の身体を押し戻そうとしながら、雅樹の顔を思い浮かべていた。

雅樹は、僕のことを心配して『ちゃんと食べて、ちゃんと寝ること』って言ってくれてたんだ。

『辻堂に関わらないほうがいい』とも。……なのに、僕は彼の言うことを聞かずに……。

いきなり僕の両手首が強い力で摑まれ、まとめてソファーに押し付けられる。

彼のもう一方の手が、僕のワイシャツのボタンを開けていく。そしてそこからいきなり滑り込んでくる。

「や……やめてください！」

脇腹から胸までを撫《な》で上げる手に、僕は身をひねって必死で抵抗した。

男の身体を知り尽くしたような彼の動きに、全身に嫌悪の鳥肌がたつ。

「いやだ、辻堂さん！　僕はあなたと、こんなことをしたくはありません！」

「黒川となら、してもいいのか？」

囁かれた言葉に、僕は凍り付く。辻堂さんは、その端整な顔を激しく感情に歪《ゆが》ませながら、

「わたしとはできなくて、黒川雅樹とならできるのか？」

……そんな……なんでこの人が、僕と雅樹が恋人同士だって知ってるの……？

言葉に詰まってしまった僕を見つめ、辻堂さんが暗い顔で笑う。

「やはりそうか。君の部屋にあったスーツは、展示会の日に黒川が着ていたものだろう。それにあの男が、こんな美形に手を出さないわけがないと思ったんだ」

僕の顔から血の気が引いていく。こんな人に僕との関係を知られたら、雅樹の将来が……。

「宝飾展のパーティー会場で、わたしは君のすぐそばにいた。黒川の表彰式の時だ」

……え？　そんなの、全然気づかなかった……。

「君は、目をキラキラさせてステージを見ていた。いつかはあそこに立ちたい、という顔をして。きっとデザイナーなんだな、と思ったよ。それから、なんて綺麗な子なんだろう、と」

辻堂さんは僕にのしかかったまま、抑えた口調で続ける。

「黒川とわたしが話している時、君はこっちを見ていただろう。最初、君はわたしを見ているんだと思った。『好きです』と語り掛けてくるような潤んだ瞳、口元に優しい笑み。わた

しは鼓動が速くなるのを感じた。君をどうしても手に入れたいと思った」

……そんな……。

「君が、本当は黒川雅樹を見ていたんだとわかった時、わたしはあまりの嫉妬で目の前が真っ白になった。どうして黒川なんだ？　どうして黒川ばかりが、簡単に何もかも手に入れるんだ？」

……雅樹は、簡単に手に入れているわけじゃない。彼はいつでも、死ぬほど努力してるんだ……。

「レイジ・ツジドウのブースに来た君が、ヴォーグに作品を載せた『アキヤ・シノハラ』だと知った時、私は思った。今度こそ、黒川なんかに負けはしない。君と出会えたのは、運命だと」

……違う……僕は思う。……僕が運命で結ばれているのは、この世で雅樹だけだ……。

「わたしにおとなしく抱かれるだけで、君は簡単に、金と名声を手に入れることができるんだよ」

辻堂さんが、狂暴な目をして、僕の顔を覗き込んでくる。

「……これは君にとって、一生に一度あるかないかのチャンスなんだよ？」

辻堂さんの手がゆっくりと下りていき、僕のベルトを外していく。

「いやだ、辻堂さん！　こんなことと引き換えなら、僕は、お金も名声も欲しくなんかありません！」

押さえつけられたまま必死で抵抗するけど、彼の力は絶望的に強い。

スラックスの前立てのボタンが、ゆっくりと開けられるのが解る。

「いやだ、こんなの絶対いやだ！　僕は雅樹を愛してる！　僕には、黒川雅樹だけなんです！」

叫ぶ僕の目尻《めじり》から、涙が滑り落ちる。

……ああ、もう、だめかもしれない……。

……助けて……！

……雅樹、助けて……！

MASAKI・7

「……畜生《ちくしょう》！　……見失った！」

俺は、ハンドルを握り締めて呟いた。

込み合ったラッシュアワーの都内。いかに目立つ車とはいえ、追跡するのは困難を極めた。

そして今、目の前で信号が変わり、信号無視ギリギリで飛び出してきた車に行く手を遮られた。

晶也の乗った車が、青山交差点の向こうの曲がり角に、ゆっくりと消えていく。

「晶也っ！　うちの晶也にもしものことがあったら、おれはどうしたらいいんだっ？」

「黒川チーフ！　オレ、ここで降りて探しに行くよ！」

「待て、悠太郎！　こんな所で降りても、迷うだけだ！」

言いながら、俺は必死で考えていた。

レイジ・ツジドウの本社も、たしか青山。車を持っているとはいえ、あの辻堂のことだ。

絶対に、この辺りの一等地に住んでいる。住所だ。住所さえ解れば、すぐに探せるはず。

レイジ・ツジドウのビルはこのすぐ近くのはずだが、そこに行っても社長の自宅の住所を社員が教えてくれるわけがない。いったいどうしたら……？

……いるじゃないか……うちの社員で、辻堂の自宅の住所を知っている人間が、一人だけいる。それは……。

デザイン画は、宅配便を使って売られていたはず。社員に開けられる危険性があるので、会社宛てにはしていなかっただろう。

俺は、ポケットから携帯電話を取り出す。暗記しているナンバーをプッシュする。

『はい！　アントニオ・ガヴァエッリだ！』

「黒川です」

俺が名乗ると、アントニオは興奮した声で、

『マサキか！　今、犯人を捕まえたところだ！　やはりコピー室に現れて……！』

「……内藤と話をさせてください」

『どうして犯人が……？　……まあ、いい。ちょっと待て』

電話の向こうで、アントニオが何か言っている。すぐに内藤のふてくされたような声が、

『……はい。内藤です』

「うちのデザイナーの篠原が、面倒に巻き込まれている。至急、レイジ・ツジドウの社長、辻堂怜二の自宅住所を教えてくれないか？」

『……篠原さんが？』

内藤が、驚いた声で言う。

彼は、晶也にひどい態度をとっていた。もし晶也に対して良くない感情を抱《いだ》いているとしたら、きっとわざわざ住所を教えてくれるようなことはしないだろう。

……そうしたら、晶也は……？

……晶也にもしものことがあったら、俺は……！

しかし予想に反して、内藤はすぐに辻堂の住所を調べ、慌てた声で読み上げる。

俺は住所を復唱しながら、悠太郎に地図を渡す。悠太郎が素早くページをめくる音がする。

『篠原さんがどうしたんです？　辻堂怜二が、彼に何かしたんですか？』

「君には関係のないことだ。……それより、どうして晶也にあんなに大量のラフを描かせた？」

企画とデザイナーの意見が嚙み合わないのはよくあることだが、たった七型の依頼に三百型もラフを描かせるのは、どうみてもやりすぎだ。しかも彼の態度には、目に余るものがあった。

『篠原さんのラフは、どこの会社へ送っても桁違《けたちが》いによく売れたんです。……それに……』

もうすぐ信号が青になる。悠太郎は、辻堂の家の位置を確認したようだ。内藤の沈んだ声が受話口から聞こえてくる。

『……追いつめられた篠原さんの描くデザインは、どうしようもなく美しかったんですよ』

俺は内藤に礼を言って、電話を切った。そして、信号が青になると同時に、車を急発進させる。


「……ここか！」

高い生け垣に囲まれた一軒家。目印の黄色いランボルギーニは、確かに塀《へい》の中に駐車しているが、道からは非常に見にくい位置にある。表札も、伸びてきた庭木に隠されてしまっている。

住所が解らなかったら、きっと見つけることはできなかっただろう。

「黒川チーフ！　ここから入ろうぜっ！」

悠太郎が叫んでいるが、すでに身体は高い鉄製の門に半分よじ登っている。これはきっと不法侵入というヤツにあたるんだろうか……俺は、門を乗り越えながら考える。

……畜生！　晶也のためなら、もうどうなってもいい！

門の向こう側に飛び降り、慎也氏を待っている悠太郎を置いて、芝生《しばふ》の庭を駆け抜ける。

そして、庭に面した窓から間接照明に照らされた室内を見て……あまりのショックに、俺はそのままその場に凍りついた。

……晶也が……俺の晶也が……辻堂に抱かれている……。

腕を頭の上でひとまとめにされ、のしかかられて、晶也の身体がしなやかにのけぞる。

苦悶《くもん》しているのか、それとも激しい快感に喘いでいるのか解らない、あまりにも悩ましい表情。

俺の脳裏に恐ろしい考えがよぎる。

……辻堂に騙《だま》されているのではなく、晶也が自分から望んで、ここに来たのだとしたら？

……そして、自分から望んで、辻堂に抱かれているんだとしたら……？

全身から血の気が引いていく。足元から世界が崩れ落ちていくような気がする。

「いやだ、辻堂さん！　こんなことと引き換えなら、僕は、お金も名声も欲しくなんかありません！」

ガラス越しに微《かす》かに聞こえる晶也の悲痛な叫びが、僕の神経を揺さぶり起こした。

「いやだ、こんなの絶対いやだ！　僕は雅樹を愛してる！　僕には、黒川雅樹だけなんです！」

……晶也！

俺の意識が真っ白にスパークした。

俺は窓の傍にあった鉄製のテラスチェアーを思い切り振り上げ、俺と俺の晶也を隔《へだ》てているガラスのフレンチドアに叩き付けた。

激しい音をたて、スローモーションのようにガラスが砕け散る。

ソファーの上で、晶也にのしかかっていた辻堂が、驚愕《きょうがく》の表情で身を起こす。

俺の姿を認めた晶也の目に、みるみるうちに涙が盛り上がる。

そして、渾身《こんしん》の力を振り絞って辻堂の縛《いましめ》めから逃れると、まっすぐ俺に向かって走ってくる。

「……晶也……！」

「危ない！　ガラスが落ちているから……！」

俺は、晶也に走り寄ってその華奢《きゃしゃ》な身体を慌てて抱き上げる。

その足にきちんと革靴が履かれているのを見て、ほっと息をつく。

「……まさき……まさき……」

泣きながら俺の首に腕をまわし、晶也が固く抱きついてくる。その身体は、微かに震えている。

「……無事か、晶也？　どこか痛いところは……」

晶也は、大丈夫、と気丈に呟いてから、また涙をこぼして、

「……嘘みたい、ホントに助けに来てくれるなんて……」

晶也のワイシャツはしどけなくはだけ、スラックスのベルトまで外されている。

「……辻堂……！」

晶也を抱き上げたまま振り向くと、辻堂はソファーに座りこんだまま、呆然とした声で、

「……黒川雅樹……なぜここが……？」

「……おまえにデザイン画を送っていた社員が、ここの住所を教えてくれた」

あまりの怒りに声が震えてしまう。晶也の身体を、ガラスのない場所にそっと下ろす。

俺の目に、ローテーブルに広げられた晶也のデザインのコピーが入ってくる。

「……晶也。どうして辻堂なんかに、デザインファイルを渡さなければならなかったんだ？」

振り向くと、身繕《みづくろ》いをしていた晶也が、沈痛な面持ちで黙る。ガラスが割れたフレンチドアの向こうで、悠太郎と慎也氏が、固唾《かたず》を呑んで立ちすくんでいるのが見えた。

「……あの」

晶也は、手のひらで濡れていた頬を拭《ぬぐ》うと、決心したようなしっかりとした口調で、

「国際宝飾展で、辻堂さんのブースに行って……帰ってきてから、スーツのポケットにレイジ・ツジドウのリングが入っていることに気づいたんです」

「……レイジ・ツジドウのリング？」

「はい。最初は、辻堂さんが何かの冗談でポケットに入れたんだと思ったんです。電話番号の書かれたメモと一緒に入ってたので。だから返そうと思って、次の日の夜、彼に電話を入れました」

……どうやって、辻堂が晶也に連絡を取ったのかと思っていたら、そういうことか……。

「だけど彼にも、リングを僕のポケットに入れたりした覚えはなくて……僕は盗難で訴えられても仕方ない状況に陥っていて……」

……誰にも言えず、一人で、晶也はそんな大変なことに耐えていたのか……。

「でも、辻堂さんは訴えたりしないって言ってくれました。そのかわり、今回のことがきっかけで辞めてしまったアシスタント・デザイナーの代わりにラフを描いてくれ、と頼まれたんです」

……アシスタント・デザイナーがいた？　辻堂に……？

「晶也。そんなことを引き受けて会社にバレたら、君はクビになってしまうかもしれない」

「はい……でも……」

俺の言葉に、晶也は沈んだ顔で少し考えてから、

「……辻堂さんが困っていたのは、僕のせいでもあったわけだし……」

その言葉に、俺はため息をつく。

純粋で、責任感があって、人を疑うことを知らない。それが晶也のいいところだ。

俺のような者からは、そんな彼がとても眩《まぶ》しく見える。

ずっと変わらないで、汚れないでいて欲しい。

……だからこそ、辻堂のようなヤツを、君に近付けたくなかったんだ！

「晶也。そのリングというのは、どんなデザインだった？」

俺が聞くと、晶也は置いてあった自分のカバンから製図用のシャープペンとクロッキー帳を取り出し、さらさらと正確なスケッチを描いてみせる。描きあがると俺の方に向けて、

「こういうリングです。あの時、僕がケースから出してもらっていた商品なんですけど」

俺は、そのデザインをしっかりと確認する。

……そうか。そういうことか……。

「……辻堂、きさま……」

問い詰めるまでもなく、立ち上がってあとずさる辻堂の顔が、全てを物語っていた。

「晶也の指にはめられたリングを返す時、商品盆の上には、たしかにそのリングがあった。晶也には、それをポケットに入れる時間はなかったはずだ。おまえがメモと一緒に、彼のポケットに落とし込まない限りは」

俺は辻堂に歩み寄り、気障なネクタイとワイシャツの襟を一まとめにして左手で摑む。

「それに、いつアシスタント・デザイナーなど雇った？　おまえはアシスタントを使わないので有名だったんじゃなかったか？」

「彼と……篠原晶也と、もう一度でいい、どうしても会いたかったんだ……」

「おまえは、俺の晶也を騙して仕事をさせようとしたばかりか、呼び出して乱暴しようとした。……許さない」

うつむいた辻堂が、思いつめたような声で、

「ヴォーグに載った彼の作品を見てから、わたしは『アキヤ・シノハラ』のデザインが忘れられなかった。内藤の送ってきた中に彼のラフがあったのを見て、偶然ではないと思った。そして、宝飾展で彼がわたしのブースに来た時……運命だと思った。晶也と出会えたのは、運命だと……」

辻堂のその言葉に、俺の理性の糸が、真っ白になって焼き切れる。

『……こ…の野郎……！』

襟首を摑んだ左手を、思い切り引き寄せる。

そしてその反動で、渾身の右ストレートを辻堂の顔に叩き込む。

「晶也と運命で結ばれているのは、俺だけだ！」

拳《こぶし》に確かな手応《てごた》え。辻堂の身体が見事なくらい遠くまで吹き飛び、そのまま壁にぶち当たる。

一瞬意識が遠のいたのか、辻堂は額に手をやって目を閉じる。口の中を切ったのか、口元から血が一筋流れる。だがフラつきながらも、まだ自分の脚で立っている。

……しぶとい野郎だ。

とどめを刺そうと俺が一歩踏み出した時、今まで黙っていた晶也が、すっと俺の腕に触れる。

もういいです、という顔で俺を見上げると、そのまま辻堂の方に歩み寄る。

「リングの盗難届けを出すっていうのも、アシスタント・デザイナーが辞めたっていうのも……ぜんぶ、嘘だったんですか」

辻堂は、すがるような顔で晶也を見つめ、

「……篠原君。わたしは、君のことを本気で……」

「……返してください」

晶也の疲れたような声が、辻堂の言葉をさえぎる。

「僕のファイルを返してください」

辻堂が紙袋をさげて戻ってくるまで、晶也は一言も口をきかずに下を向いて立っていた。

……晶也。こんなことで、傷ついたりしてはいけない……。

辻堂から袋を受け取ると、晶也はうつむいたまま、

「嘘だったのか。信じたりして、なんか僕って馬鹿みたい」

泣いているような、笑っているような声で呟く。

……晶也。こんな男のせいで、変わってはいけない……。

晶也はローテーブルにあったコピーを取り、袋の中に一緒に詰め込んで、

「たしかに返していただきました。夕食とワインをご馳走《ちそう》様でした。それじゃ……」

お辞儀《じぎ》をして踵を返そうとした晶也の手を、辻堂が必死の形相《ぎょうそう》で摑む。

「行かないでくれ！　わたしは、黒川なんかより、よっぽど君のことを幸せにできるはずだ！」

晶也の顔に、怒りの表情が走る。辻堂の指を振り払い、そのまま手を振り上げて、
ビシッ！

辻堂の頬が高く鳴る。晶也が、声を震わせながら、

「そういう言葉を、軽々しく口にしないでください。僕は、勝ち負けの景品ではないんですよ」

「違う！　わたしは、黒川よりも……！」

「僕は、雅樹を愛してる。どんな高価なものをもらっても、彼なしでは絶対に幸せになれないんです」

俺の本気の右ストレートにも持ちこたえた辻堂が、晶也の一言で力を失ったように膝《ひざ》をつく。

「あなたは、お金だとか名声だとかが、世の中で一番大切だと思っているみたいですけど……僕、そういう考えにはついていけません」

晶也は、普段のぽやぽやした彼とは別人のような、凛とした口調で言う。

「名声のために誰かに媚《こび》を売ったり、儲《もう》けるために自分が納得いかないものでも妥協《だきょう》したり……それはもしかしたら、頭のいい、大人のやり方かもしれないけど……僕にはちょっと真

似できない」

晶也の横顔に、いつもは隠されている誇り高い一面が見える。

「自分のプライドと引き換えにするくらいなら、僕はお金も名声も全然欲しいとは思いません」

静かに、しかしはっきりと、晶也は言い切る。

「自分のスタイルを追求する。それに、商品を買ってくれる誰かが喜んでくれるようなデザインを描く。僕は、それがデザイナーの仕事なんだと思っています」

晶也は、紙袋を大切そうに抱えると、辻堂に向かって静かな声で、

「さようなら、辻堂さん。僕、がんばって、誰の力でもなく自分の実力で有名になりたいです。そしたらいつか、表彰式の壇上でお会いできますね」

「……わたしはもう、二度とあの壇上には立てない。今のわたしにできるのは、人のスタイルを模倣《もほう》することだけだ。わたしのデザイナー生命が長くないことは、自分が一番よくわかっている」

辻堂が、苦しげな顔をして、絞り出すようなかすれた声で、

「……描けない。わたしにはもう、いいデザインなんか一つも描けないんだよ……」

「そんなことはありません。あなたは今、ちょっと忘れちゃってるだけなんです」

晶也の声に、辻堂がハッとしたように顔を上げる。

「あなたは、とても有名で、とても忙しくて、たくさんのことを期待されて……それできっと、くたびれちゃっただけなんです」

晶也が、静かな声で言う。

「きっとあなたは、すぐに思い出します。自分が本当に求めているスタイルは何か。それを思い出したあなたは、前よりももっと素晴らしい作品が描けるようになっているんだと思います」

辻堂が、何かまばゆいものでも見るような顔で、晶也を見上げている。

その視線に、晶也はふと照れたような顔になって、

「すみません。何か、すごい生意気ですね。忘れちゃってください。レイジ・ツジドウの新作、楽しみにしていますから……がんばってください」

最後にペコンとお辞儀をすると、晶也は踵を返してこちらを向く。そしていきなり、

「うわあッ！　なんでっ？」

さっきまでの凜とした様子からは想像できないような、慌てた声で叫ぶ。

その視線は、ガラスの割れたフレンチドアの向こうに吸い付けられている。

「なんでこんなところに悠太郎がいるのっ？　しかも兄さんまでっ！」

晶也の顔が、みるみる青ざめる。無理もない。男に押し倒されているところを見られた上に、俺との関係も一気にバレてしまったのだから。

「……晶也……」

呆然と立ちつくしていた慎也氏が、かすれた声で言う。晶也が、泣きそうな顔になって、

「……兄さん、僕、あの……」

「……おいで、晶也」

荷物を持って歩み寄った晶也が、彼を見上げる。慎也氏は苦しげな顔で、彼の乱れた襟を直し、彼が脇に挟んでいたコートを取って着せかけてやる。そしてふと振り向いて、

「……辻堂さん、でしたっけ？」

座り込んでいる辻堂を見据えて、怒りを押し殺したような静かな声で、

「今後、うちの弟に危害を加えるようなことがあれば、おれはあんたを許しません。おれは一応ボクシングのプロライセンスを持っているので……あなた、今度こそ死ぬかもしれませんよ」

……嘘だろう……？

晶也と悠太郎の方を見ると、二人は、本当です、というようにうなずいてみせる。

「あなたを殴ったら罪になるんですが……おれは、弟のためならそれくらいしてもいいと思っています。覚悟しておいてください」

……その言葉は、もしかしたら俺に向けられているのでは……？

「あの、辻堂さん」

慎也氏に肩を抱かれた晶也がふと振り返り、辻堂に向かって、

「あの……昔の恋人の話……あれも嘘ですよね……？」

「……残念ながら、あれは本当のことだよ」

その言葉を聞いた晶也は、苦しげな顔をしてうつむき、沈痛なため息をつく。

……晶也の悩みは、まだすべて解決したわけではない……？

……慎也氏に俺との関係を告白する、それ以外にも、まだ何か……？

なんとか晶也と話をしたかったが、慎也氏と悠太郎が一緒ではそうもいかない。

後部座席に乗り込んだ晶也は、慎也氏にもたれて気絶してしまったのかと思うほど深く熟睡し、アパートの前に着いて揺り起こされるまで、一度も目を覚まさなかった。

俺は、慎也氏の後に続いて車を降りた晶也に、

「明日の夜、七時。俺の部屋から見えるヨットクラブのレストランに来て欲しい。いいね？」

晶也は、つらそうな顔で俺を見つめると、コクンとうなずいてアパートの脇の道に消える。

AKIYA・8

僕は、天王洲《てんのうず》にあるヨットクラブにいた。

ガラスの扉を通ると、ホテルみたいに洒落たフロント。ウエイティングバーの隣は、高い天井を持つ広々としたフレンチ・レストラン。

運河に面した一面には、サンルームみたいに天井までガラス張りになった広いウッドデッキ。

この季節だからガラスは閉められているけど、夏になったら電動窓が開けられて、運河に張り出したテラスになるんだろう。

予約は雅樹の名前で入っていたけど、彼はまだ来ていなかった。

少し早めに着いてしまった僕は、アペリティフを飲む気にはなれなくて、ウエイティングバーじゃなくフレンチ・レストランのテーブル席に案内してもらって、ぼんやり一人で座ってる。

運河の向こうには、雅樹の部屋がある天王洲の景色。

水面《みなも》に映った綺麗な夜景が、波にキラキラと光っている。

窓の外に揺れているのは、いつも雅樹の部屋から見下ろして、一度は乗ってみたいと憧れていた純白のレストランクルーザー。

僕は、初めて雅樹の部屋を訪ねた時のことを思い出す。

ちょうど運河の向こう岸。天王洲の桟橋《さんばし》で立ち尽くしていた僕を、雅樹は走って迎えに来てくれた。僕に少しでも寒い思いをさせまいとして。自分は凍《こご》えてしまいそうな薄着で。

あの夜明けの光景を思い出すと、僕の胸はいつも熱くなる。

優しい雅樹。ゆうべも僕を助けに来てくれた。……けれど……。

僕はもうすぐ捨てられちゃうかもしれない。今夜でなければ明日、明日でなくても……。

ため息をついて時計を覗き込む。……あと二分……。なんだか彼に会うのが怖い。

ゆうべ雅樹たちと別れた後、兄さんは、疲れているだろうから早く寝なさい、と言ってさっさと眠ってしまった。そして今朝も、用事があるとか言って早くからどこかへ出かけてしまった。

きっと、兄さんはショックだったんだ。……僕が、ずっと嘘をついていたこと……。

そして……僕の恋人が、男だったこと……。

どうやってきちんと話せばいいんだろう？　兄さんの休暇は、明日までなのに。

「……晶也」

呼ぶ声に僕はハッとして顔を上げる。そこに立っていたのは……、

「……雅樹……」

慌てて走ってきたらしく、ちょっと乱れてる前髪。この寒いのにコートのボタンが開いたまま。

あの日の夜明けの景色と、彼の姿がオーバーラップして、僕は泣いてしまいそうになる。

コートをウエイターに渡して、席に着きながら、雅樹がすごく心配そうな顔をする。

僕は慌てて、ウエイターが置いていってくれたメニューを広げて、

「おなかすいちゃった……前菜に、たらば蟹《がに》のサラダ・アボカド添えがいいな。あなたは何が……？」

ムリヤリ元気そうな声を出すけど、語尾が震えてしまう。

握り締めた指に、雅樹のあたたかい手が触れてくる。

「……晶也。心配事があるなら、言ってごらん。俺にできることなら、なんでもしてあげるから」

静かな優しい声で言われて、僕はもう我慢することができなかった。

「辻堂さんが言ってたんです。彼はあなたに、恋人を奪われたことがあるって。でもその恋人を、あなたは簡単に捨てたんだって」

言いながら、その捨てられたデザイナーと自分が重なる。

「その人が捨てられた理由は、デザイナーとしての才能がなかったからだって。僕も……」

頬を熱いものが滑り落ちる。僕は慌ててメニューの陰に顔を隠して、

「……僕ももうすぐ、あなたに捨てられちゃうんでしょうか……?」

手で涙を拭い、必死の思いで言う。雅樹はなんだか呆然とした声で、

「まさか。この俺が、君を捨てるなんてことができるわけがないだろう? ……辻堂の恋人を奪った……?」

眉間《みけん》にシワを寄せてしばらく考えてから、

「あっ! もしかしてそれは、柳原《やなぎはら》とか漆原《うるしばら》とか、そういうふうな名前の?」

「柏原さんでしょう! ひどい、雅樹! 名前まで忘れるなんて!」

僕が怒って言うと、雅樹は、深い深いため息をついて、

「晶也。辻堂が勝手に誤解しただけだ。俺は誓って、漆原という子と……」

「違います! 柏原!」

「そう、その柏原という子と、つき合ったことはない」

「……うそ……」

呆然として言う僕を、雅樹は真剣な顔で見つめて、

「本当だ。アントニオに聞いてみればわかる。第一、そのごたごたがあったのは、去年の六月だ」

「……去年の六月……?」

「そう。ちょうどアントニオと俺が、日本支社に視察に来た直後だ」

雅樹は、あたたかい目で僕を見つめて、

「俺は、一目惚れしてしまった日本支社のデザイナー、篠原晶也のことで頭がいっぱいだった」

「……え……?」

「毎日毎日、君のことばかり考えていた。もう一度でいい、君に会いたい。恋人になれなくてもいい、傍にいて見守っていたい」

まっすぐに見つめられ、誠実な声で言われて、僕の鼓動が速くなる。

「俺は、あんなことをした辻堂を許さない。あいつのやり方も。だが……彼が嘘をついてまで、もう一度君に会いたいと思った気持ちは……少しだけわかる」

雅樹は、僕の顔を見てちょっと笑うと、

「日本支社に異動すると決心してから、本当に異動してくるまで、ほぼ二週間。引継ぎの早さは、イタリア本社の新記録だったそうだよ」

僕の冷え切っていた心に、あたたかいものが満ちてくる。雅樹は、なんだか苦しげな顔で、

「君が、毎晩会っている男に心変わりして……またフラれてしまうかと思った……」

前に僕は、雅樹をフッてしまったことがある。それは単なる誤解の結果だったんだけど。

その時の雅樹は、ショックのあまりボロボロになっちゃったんだよね。

「聞いたでしょう？　僕が辻堂さんに押し倒されながら、言ってた言葉」

僕は、彼の顔を見つめながら笑って、

「僕は雅樹を愛してる。僕には黒川雅樹だけなんです」

雅樹は、何だかまぶしそうな顔をしてから、急にため息をついて、

「あの時のことを思い出すと、血の気が引くよ。……君が無事で本当によかった……」

辻堂の野郎、と呟いて、眉間にタテジワ。僕はまた笑ってしまいながら、

「あなたが来てなくても、蹴《け》り上げて逃げていたから大丈夫です。ほら、あの時は革靴を履いていたし」

「……どうせだから、俺が行った後でも、一発蹴り上げてやればよかったんだ……」

雅樹は、額に怒りマークを浮かべて呟いてから、ふいに苦笑して、

「篠原兄弟は、見かけによらず強いからな」

「あ、兄さんに書き置きしてくるの忘れちゃった……そういえば兄さんはどこに行ったんだろう？」

雅樹は、なんだか遠い目をしてため息をつくと、運河の向こうの建物を指差して、

「慎也さんなら、あそこにいるよ」

「うそっ！　あなたの部屋にですかっ？」

僕は焦って思わず立ち上がりそうになる。雅樹は……いちおう、殴られてはいないみたいだけど……？

「彼にすべて話した。俺たちがどうやって出会ったか。そしてどうやってつきあうようになったか。そして俺が君のことをどんなふうに想《おも》っているか……」

「そ……それで兄さんは、なんて……？　怒ってましたか……？」

思わず声が震えてしまう。雅樹はかぶりを振って、

「ただ、君が小さかった頃の話とか、君の学生時代のエピソードとかを話してくれただけだ」

「それって……僕らの関係に、賛成してくれたってことでしょうか……？」

「……どうだろう？　あの彼が、そう簡単に許すとは思えないが……」

雅樹が頼んでおいたらしいシャンパンが運ばれてくる。彼のお気に入りの銘柄。高価なものじゃないけど、香りが良くてフルーティーで、僕も大好きな……。

僕のグラスにもシャンパンが注がれるのを待ってから、雅樹の美しい指がグラスを持ち上げる。

僕もグラスを持ち上げて、綺麗な泡を見つめながら少し考える。それから、

「乾杯は……前途多難な二人の恋に……でしょうか？」

「どんなことがあっても変わることのない、二人の愛に、だよ。それから……」

雅樹は、優しく笑ってグラスを上げて、

「……今日で二十四歳になった、君に」

「えええっ？　今日って、二月八日でしたっけ？　……あれ？」

あんまりゴタゴタが続いていて、誕生日なんてもうすっかり忘れてた。

「君の誕生日までに、なんとか事態が収まってよかった。……どうなることかと思ったよ」

雅樹がホッとしたような顔でため息をついてから、ふと時計を覗き込んで、

「……早く食事にしよう。ロマンチックな雰囲気をブチ壊すメンバーが、到着する前に」

MASAKI・8

そのメンバーが到着したのは、俺たちが食後のコーヒーを飲み終わって、席を立った頃だった。

お洒落なジャズが流れていた店内が、急に騒がしくなるからすぐに解る。

「時間ですから、皆さん乗船してくださーいっ！　桟橋を走って落ちないようにーっ！」

悠太郎が、ツアコンよろしく叫んでいるのが聞こえる。デート中のカップルが驚いている。

集まっているメンバーは、デザイナー室の全員。そして篠原慎也氏。全員が展示会の時以上の正装だ。柳と広瀬、野川《のがわ》・長谷コンビが、騒ぎながら桟橋を走っていくのが見える。

悠太郎が、晶也に乗船チケットを差し出して、

「あきや。これ、オレたちからの誕生日プレゼント」

「クルーザーに乗る？　うそ！　けっこう高かったんじゃない？」

立派なボーディングチケットを見て、晶也が驚いている。

「あきやのためだから、皆、奮発したんだよ。最近宴会やってなかったから、ってのもある

けど」

悠太郎は、フッフッと意味ありげに笑うと、

「そのかわり、物のプレゼントの方はお金のかかってないものばっかだから、覚悟しとけよー！」

俺たちは、綺麗にライトアップされた桟橋を渡る。

「嬉しい。このクルーザー、ずっと乗ってみたかったんです」

晶也が、子供のように目をキラキラさせながら俺を見上げる。俺までなんだか嬉しくなってしまいそうな笑みが、彼の美しい顔に浮かんでいる。

「喜んでくれてよかった。俺の部屋から夜景を見ながら、よくそう言っていたから」

「あなたが提案してくれたんですか？　ちらっと言っただけなのに、覚えていてくれたんですね」

「そう。宴会代とプレゼント代を計算したら、ちょうどカクテルクルーズになら乗れるくらいの予算になった。どうせなら思い出に残ることをした方がいいと思って」

俺が言うと、隣を歩いていた悠太郎が、

「晶也が誕生日までに元気になってくれてホッとしたよー！　もうどうなることかと思った！」

「……君が元気になってくれてよかった。心配で、生きた心地がしなかったよ」

言って見下ろすと、晶也が目を潤ませて俺を見つめる。夜景が映った彼の瞳は、本当に美しい。

「こらー！　そこの二人！」

後ろから慎也氏の声がして、見つめ合っている俺と晶也の間に割り込んでくる。

「距離が近すぎる！　もう少し離れて歩きなさい！」

晶也の肩をギューギュー抱いて、クルーザーに乗り込む。晶也が、彼を見上げて、

「……兄さん。黒川チーフの部屋に行って、きちんと話を聞いてくれたんだって……？」

慎也氏は、真面目な顔で晶也を見つめ、髪の毛をクシャッと撫でて、

「黒川さんには恩がある。お前を助けるために、彼がどんなに本気になるかも見てしまったしな」

クルーザーは四階層になっていて、ロウアーデッキに厨房《ちゅうぼう》、一階にディナー用の専用ダイニング。二階がラウンジで、船尾の方に外に出られるデッキがある。一番上、ラウンジの屋上に当たるところが広いメインデッキになっているらしい。カクテルクルーズを予約した俺たちが使えるのは、二階から上のラウンジとデッキ。季節のせいか幸いほかの乗船客の姿はなく、貸し切り状態になっている。ラウンジは四、五十人程度のパーティーならじゅうぶん開けそうな広さがある。

洒落た曲を自動演奏しているピアノと、バーカウンター。流れる景色を見られるように配

置されたソファー。運河から東京湾に出てレインボーブリッジに向かう船外の夜景は、波に映る光とあいまって、言葉に言い表せないほどロマンチックだ。……しかし。

クラッカーを鳴らし、シャンパンの栓を飛ばし、悠太郎の超ヘタクソなピアノ伴奏で『ハッピーバースデイ』を歌って……デザイナー室のメンバーのノリは、どこへ行っても相変わらずだった。

チーフの田端《たばた》と、瀬尾《せお》・三上《みかみ》サブチーフコンビが、ポケット宝飾辞典をプレゼントしている。この間の宝飾展の時に買ったらしく、値札シールが卸《おろし》価格の上に色々な試供品のオマケつきだ。

野川と長谷からは、サンリオで買ったというキャラクターグッズ。

「最近よく、宴会のあと黒川チーフんちにお泊まりしてるでしょ？　キティちゃんお風呂セット！　二人で一緒に入った時には、黒川チーフも使っていいでーす、なんて！　きゃッ！」

……本当のことを知らないとはいえ、慎也氏の前でなんということを……。

その場で硬直している俺を横目で睨んでから、慎也氏が咳払《せきばら》いをして内ポケットに手を入れる。そして、晶也に一通の封筒を差し出す。中には手書きのメモが一枚。

「おまえが行きたいところまでの航空券と引き換えてあげる。……ただし、旅行はお兄さん同伴だぞ」

これ以上ないというほど、優しい顔で笑う。晶也が、慎也氏にギュッと抱きついて、

「……ありがとう、兄さん。また一緒にどっか行こうね」

彼の実の兄に嫉妬することはないじゃないか、とは思うが……やはり俺は少しフクザツだ。

「きゃーッ！　ウツクシすぎるわーッ！」

「野川ちゃん！　シャッターチャンスよッ！」

野川と長谷が、狂喜して写真を撮りまくっている。

「このケーキ、オレとガヴァエッリ・チーフとヤナギと広瀬からのプレゼントだよー！」

悠太郎が、大きな箱をテーブルの上にのせて、フタを開ける。そこには……、

「うわあ。なんだかすごい……」

色とりどりのスプレイチョコレートをぶちまけ、さらに銀色のアラザンをぶちまけ、さらに苺《いちご》まで山ほどのせた、メチャクチャなバースデイケーキ。アントニオが、非常に満足げな顔をして、

「デコレーションは、このアントニオ・ガヴァエッリがやったんだ。芸術的だろう？」

「この人、役に立たない上にデコレーションになったら燃えちゃって、もう大変だったんだよー」

悠太郎が、ろうそくに火を点けながらぼやいている。晶也が、驚いたように、

「でも、すごーい。この中にケーキを焼ける人がいるなんて。誰がオーブンとか持ってた

の？」

　広瀬と柳が顔を見合わせてから、苦笑いをして、

「全員ケーキ初挑戦の上に、誰もオーブンなんか持ってなかったんです」

「ガヴァエッリ・チーフがお菓子担当シェフと仲良しだったから、ホテルの厨房を借りて作ったんっすよー。教えてもらいながら。面白かったっすよ、出来はともかくとして」

　アントニオが長期滞在しているホテルは、日本で一、二を争う超高級ホテルで……当然ながら、そこの菓子担当は日本一のパティシエだ。話が大きいというか、怖いもの知らずというか……。

「黒川チーフからはー？」

　全員の視線が俺に集まる。俺は、さもうっかりしたようなふりを装って、

「ああ、部屋に忘れてきてしまった。篠原君、帰りに寄ってくれると嬉しいんだが……」

「わかりました。帰りにお部屋に寄らせていただきます」

　晶也がうなずいて、甘く笑う。悠太郎が俺の脇腹を肘で小突いて、小声で、

「……わざと忘れてきたのがミエミエだぜ、黒川チーフ……！」

　バーテンダーにラウンジの電気を消してもらい、晶也がろうそくの火を吹き消す。

「おめでとうっ！　あきやーっ！　愛してるーっ！」

　悠太郎が、晶也をソファーに押し倒す。柳と広瀬はのしかかっているし、野川・長谷コン

ビは面白がってその模様を激写しているし……彼らのノリは、本当にどこにいても相変わらずだ。

俺は、笑っているアントニオを呼ぶ。彼はふと真面目な顔に戻って、イタリア語で、

『……内藤のことか？』

俺がうなずくと、アントニオはグラスを持って、バーカウンターの傍に移動する。

『彼の処分は、決まりましたか？』

『いたずらに世間を動揺させても仕方がない。事件は極秘のまま、懲戒《ちょうかい》解雇だ。訴えたとしても、彼に、儲けた分以上の金が払えるわけがない。本社のジジイ共が何か言ってくるだろうが……まあ、我々の実力をもってすれば、三千五百万円程度の損害は、すぐに取り戻せるさ』

アントニオは、肩をすくめてバーカウンターに寄りかかると、長いため息をついて、

『彼は、デザイナー志望だったらしい。商品化されなかったもののラフを各社に送り、注文のあった分は自分でデザイン画を描いて売りさばいていた。それだけならまだバレなかったんだろうが、ガヴァエッツリで商品化の決まったデザイン画までも売るようになってしまった』

『なぜ、彼はそんなことをしたんでしょう？　……金ですか？』

『そう。それから、自分を正当に評価してくれない会社に対する不満かな。彼は中途採用試

験でガヴァエッリのデザイナーを受けて、落とされている。だが、人の作り出したものを盗んで金にしようなどという根性の持ち主が、デザイナー志望だなどと……笑わせると言いたいな』
アントニオは、怒りを押し殺しているような顔をして、
『今回のことで被害を被《こうむ》ったのは、デザイナー室のメンバーだ。訴えはしない。だが、わたしは彼を許さない。内藤は、このジュエリー業界に二度と足を踏み入れることはできないだろう』

「……デッキに出てみませんか？」

近づいてきた慎也氏が言う。俺は彼と共に階段を上り、最上階のメインデッキに出る。

ラウンジの騒ぎが嘘のようだ。波の音と船の静かなエンジン音だけが、俺たちを包む。

近づいてくるレインボーブリッジ。全方向に広がる夜景と星空はずっと見ていたいほど美しい。

海風が、酔った身体に心地いい。……ただし、この季節では寒くて長居はできそうにないが。

「……黒川さん」

俺たちは並んで手すりに肘をかけ、遠くに流れる都心の灯《あか》りを見つめていた。

「おれは、家族を何よりも大切に思っているし、弟である晶也を心から愛しているんです」

「……あなたを見ていれば、それはよくわかります」

もしも彼に『弟と別れてくれ』と言われてしまったら、俺はどうすればいいんだろう？

俺の家族にも、晶也の家族にも、いつか関係を認めてもらう。そしてずっとずっと晶也と一緒に生きていく。それが、俺の夢だ。

晶也を愛している。彼と一緒でない人生なんて考えられない。しかし……。

「……俺さえいなければ、弟さんはこんな道に足を踏み入れることはなかったかもしれません」

「多分そうでしょうね。晶也は普通の結婚をして、おれにはとても可愛い甥っ子か姪っ子ができた」

慎也氏は、なんとなくさびしそうに笑うと、

「おれは、あなたを恨《うら》んでもいいはずなんですけど」

俺は覚悟を決めて、彼の目を見つめ、

「晶也との仲を認めてもらえるなら、殴られても、海にほうり込まれても、俺はかまいませんよ」

「認めるとは、言も言っていませんよ。ただもう少し、時間を置いてみませんか」

慎也氏は、晶也によく似た琥珀色の瞳で俺を見つめると、

「おれは、あなたのことがなんだか嫌いになれないんです。くやしいことに」

「いつか認めていただけるのを、俺は心から祈っています。もしそんな日がこないとしても……」

俺は、少し切なくなりながら言う。

「……俺は、ずっと変わらずに弟さんを愛しています」

彼が、何かを言おうとして口を開いた時、階下のサブデッキの方から、

「……ガヴァエッリ・チーフ。お聞きしたいことがあるんですけど……」

晶也の声が聞こえてくる。俺と慎也氏は、顔を見合わせたまま思わず口をつぐんでしまう。

「……あの、黒川チーフとあなたがイタリア勤務の頃にいた方で……柏原さんてご存知ですか？」

「カシワバラ？　ああ、あっちでマサキとラブラブだった、日本人美青年だな」

……なに……？

慎也氏が、突然狂暴な顔になって俺を睨む。階下で、アントニオがふいに笑って、

「悪かった！　冗談だよ、アキヤ！　謝るから、そんな泣きそうな顔をするんじゃない！」

……アントニオの野郎……！

「マサキに片想いをして果敢《かかん》にアタックしていた、勘違い青年だ。イタリア系宝飾品会社で働いていた子で……ガヴァエッリのイタリア本社デザイナー室の面接を受けさせろと乗り込

んできた」

「……それで……美形だったから、本社デザイナー室の面接に受かったんですか……？」

「なんだそれは？　顔でデザイナーを選ぶわけがないだろう。彼は顔に似合わぬヒドいセンスの持ち主で……だが、雅樹に夢中だったから……そのうち彼も日本に来るかもしれないな」

……頼むから、あの騒ぎの再現は、勘弁して欲しい……。

「あの、美形だったら顔は似てないと思うけど……その方と僕って、雰囲気とか似てますか？」

晶也は、俺と柏原がイタリアでつき合っていたと思っていた。もしかしたら、自分と彼が似ていて……彼の代わりにされたと思っているんじゃ……？

アントニオが、可笑《おか》しそうに笑うのが聞こえる。

「ルックスは、アキヤの方が数段上だ。そうでなくても心配することはない。マサキは心の底から君にぞっこんだ。君に元気がない時のあいつは……みっともなくて目も当てられなかったよ」

……放っておいてくれ……。

「ラウンジに入ろう。君に風邪をひかせたらマサキに怒られる。殴られたら、かなわないからね」

「あはは。彼の右ストレートはすごいですからね。……そういえば、兄さんと彼はどこだろう？」

二人の声が、聞こえなくなる。慎也氏が、俺の顔を見て、

「そういえば、あなたの右ストレートは、おれから見てもけっこうよかったです。……ただ……」

シュッという鋭い風切音。

俺のあごの先に、正確に寸前で止めた拳をピタリと当てる。

篠原慎也氏は、その端整な顔に、凄《すご》みのある笑いを浮かべてみせて、

「……一発で倒したい時は、ここを狙うんですよ、黒川さん」

AKIYA・9

ここに来るのは、すごく久しぶりのような気がする。

雅樹の部屋の広々としたリビングは、一階層分が吹き抜けなので、とても天井が高い。天井まで切られた窓からは、東京湾の夜景。巨大なスクリーンに映し出された映画みたいに、美しく広がっている。水面に光の跡を残しながら、ゆっくりと行き交う船。そして、青い光を明滅させている、レインボーブリッジ。

あらためて見ると、ほんとうにここからの景色ってすごい。

「あのクルーザーが見えますよ、雅樹」

コートのままで窓に張りついていた僕は、リビングに入ってきた雅樹を振り向いて言う。

「今夜はすごく楽しかった。ありがとうございました」

優しく笑った雅樹が、灯《とも》っていた間接照明を全て消してくれる。

部屋がふっと闇に包まれ、東京湾は、ますますその光を増す。

「……綺麗だなー……」

僕はうっとりと呟く。まるで、美しく広がる夜景と、星の瞬《またた》く空の中間に浮かんでいるみたい。

近づいてくる、雅樹の衣擦《きぬず》れの音。背中に感じる、あたたかい彼の気配。

「……晶也……」

囁いて、僕の身体が、後ろから優しく抱きしめられる。

……ああ、彼の腕の中は、どうしてこんなに居心地が良くて、安心できるんだろう……。

逞《たくま》しい胸に頭をもたせかけると、雅樹の香りがする。

ほんの少しの苦みが入ったオレンジの香りは、グランマルニエの芳香《ほうこう》に似ている。

そしてその香りは、リキュールを飲んだ時と同じに、僕の身体を酔わせてしまう。

雅樹が片手を動かして、自分の上着のポケットを探ってる気配。もう片方の手で僕の手を握って、

「……お誕生日おめでとう、晶也」

僕の手のひらに、小さな、上等な手触りの革張りのケースをのせてくれる。

「……雅樹……これって……」

「プレゼント。本当はずっと持っていた。ああ言わないと、君を独占できそうになかったから」

兄さんたちは今頃、ガヴァエッリ・チーフのホテルの部屋で二次会と称して騒いでいるだ

ろう。

僕はドキドキしながら、そのジュエリーケースの蓋をゆっくりと開ける。

「……あ……！」

僕らを照らす月の光。それをキラキラと反射して、プラチナのリングが輝いている。

綺麗な質感。完璧なバランス。僕がレイジ・ツジドウのケースで見たあのリングより、デザインコンテストで受賞していたあのリングより……もっともっと……、

「……雅樹……あなたが、デザインしてくれたんですか……？」

「そう。蠟《ろう》型も磨きも自分でやっていたから、思ったより時間がかかった。間に合ってよかったよ」

いつもの、怖いほどのストイックで厳しいイメージの彼のデザインとは、少し感じが違う。加わった優しいニュアンスが、彼のセンスにさらに深みを加えていて……なんて美しいんだろう……。

「……コンテストで大きな賞を取って。有名で。あなたみたいな人が、僕のために……」

視界が涙で曇って、リングが滲んで見える。雅樹は、僕をぎゅっと抱きしめて、

「コンテストに出したリングは、これのついでに作っただけ。本命はこっち。……気に入った？」

ちょっと心配そうな声で聞く。僕は彼の胸の中で身体の向きを変え、泣きながら見上げて、

「……ありがとう、雅樹。すごく綺麗。このリング、僕、ものすごく好きです……」

雅樹は安心したように笑ってから、僕の涙で濡れた頰に優しいキスをする。

「よかった。……左手を出して」

差し出した手を美しい指で支え、彼はそのリングをそっと薬指にはめてくれる。

滑らかな指触り。ずっと前から僕のものだったように、その指輪は薬指になじんでしまう。

「いつか、俺とお揃《そろ》いのリングを、ここにはめてあげるのが俺の夢だ。それまで……」

持ち上げた僕の左手のリングの上に、目を閉じて、誓うようなキス。

「……君が、悪い男につかまったりしないように」

指に感じてる、リングの滑らかで冷たい質感。そして、愛する人の唇の感触。

「……雅樹……」

また泣いてしまいそうな僕に、優しく微笑む。彼の美しい顔が近づいて、

「……愛してるよ、晶也……」

柔らかい唇が僕の唇を包み、彼の滑らかな舌が、愛撫《あいぶ》するように僕の舌に絡み付く。

……ああ……雅樹のキスは、どうしてこんなに、いつも僕を熱くしてしまうんだろう……。

見つめ合いながら唇を離すと、二人の唾液《だえき》がプラチナ色の糸になって光る。

雅樹はもう一度僕に顔を近付けて、唇を唇に触れさせながら、

「……欲しい……」

セクシーな囁き。全身にズキンと甘い痛みが走る。

「……あ……」

恥ずかしさに身を震わせる僕の耳元で、雅樹のイジワルな囁きが、

「……でも、君がダメと言うなら、今夜はここでやめてあげる」

僕は、たまらなくなって彼の身体にすがりついて、

「……ひどい！　僕がこんなになっちゃってるの、わかってるくせに……！」

雅樹は、笑いながら僕の唇にチュッと音を立ててキスをして、

「愛してるよ、晶也。……続きが欲しかったら、愛しているのキスのお返しをして」

恥ずかしさに赤くなった僕は、つま先立って、彼の唇に軽く唇を触れさせて、

「……愛してます、雅樹」

「……そんなキスでは、不合格」

囁いて引き寄せると、僕のコートと上着を肩から滑り落としてしまう。

腰にまわっていた手が下りていき、スラックスの上から、僕の形を確かめる。

「……ちょ、雅樹……！」

逃げようとする僕を抱きとめ、熱くなっているそのラインをなぞる。

「……やあ……ん」

ああ、布越しの愛撫だけで座り込んでしまいそう。

雅樹の手が、僕のネクタイを素早くほどき、ワイシャツのボタンを開けていく。

「あッ！」

じかに肌に触れる冷たい指の感触。全身がビクンと震えてしまう。

「……愛してる……」

ため息で囁いて、そっと耳たぶを噛む。彼の指が、僕の肌の上を滑って胸の突起を探っている。

「……あッ……あッ……！」

もう片方の手が、スラックスの上から、熱さを増したものを刺激する。

「……いやあ……んんッ……！」

駆け抜けた激しい電流に、声を上げてのけぞってしまう。背中が、冷たいガラスに当たる。

……ああ、ひどい。こんなところで、こんな格好のまま……僕をこんなに感じさせるなんて……。

雅樹は、そのまま容赦《ようしゃ》なく、僕を快感の高みへと追い上げようとする。

「……だめ……雅樹……っ！」

僕は、雅樹の首にすがりつき、彼の冷たい唇に必死でキスをする。

恥ずかしさとあまりの快感に泣いてしまいながら、何度も何度も深いキスをする。

「……愛してる……お願い……ベッドで……」

キスの合間に弾《はず》んだ息で囁くと、雅樹はその逞しい腕で、僕をそっと抱き上げる。

ロフトの階段を上りながら、ちょっと笑って僕の額にキスをして、

「……そのキスなら合格だよ、晶也……！」

「……あッ……あッ……ああ……ん……」

自分のものとは思えないほど甘い声が、彼の部屋の高い天井に響いている。

柔らかい唇と、濡れた舌と、そして完璧な動きをする美しい指が、僕を高みへ追い上げていく。

「……んんッ……雅樹……まさ……き……」

胸の先端にいとおしげなキス。濡れた舌で形をたどられて、足先から震えが走る。

雅樹の指が僕を攻めるように往復し、垂らしてしまった甘い蜜《みつ》で、先端に滑らかな円を描く。

「……あッ……だめ……イッちゃう……！」

「……愛してるよ、晶也……」

情熱的な愛撫とは似合わない静かな声で囁かれ、僕の全身を甘い痙攣《けいれん》が駆け抜ける。

「あッ！　あああ……んッ！」

……でも、僕が本当に欲しいのは……、

恋人になって数ケ月。彼は僕に色々なことを教え、僕の身体をこんなにまで変えてしまっ

た。

なのに、ジラすように、なかなか僕の一番欲しいものを与えてはくれない。

恥ずかしさと、身体の中で膨《ふく》れ上がる欲望に耐え切れず、僕は思わず泣いてしまいながら、

「……も、もう……お願い……お願いです、雅樹……」

「……ん？　わからない。何が欲しいのか、ちゃんと言ってごらん」

「……ん……あなたはイジワルです……ちゃんとわかってるくせに……」

僕はしゃくりあげながら、触れそうなほど近くにある彼の唇に、キスをする。

いつも彼がしてくれるように、舌で唇の輪郭《りんかく》をたどり、ミントの香りの舌をからませる。

「……愛してる……あなたが欲し……ああ……ッ！」

言い終わらないうちに、我慢できない、というように脚を高く持ち上げられる。

そのまま、待ち焦がれたものを押し当てられ、僕は声も出せずに息をのむ。

「……息を吐いて……大丈夫……愛してるよ、晶也……」

未《いま》だに慣れることのない、身体をすくませる痛み。激しい圧迫感。でも彼に対するいとおしさと、同時に与えられる巧《たく》みな愛撫で、僕は次第に柔らかく身体を開き、彼をのみ込んでいく。

「……ああ……雅樹……」

彼の欲望が、深々と僕を満たす。雅樹は、僕をいたわるようにゆっくりと動きはじめる。

快感だけを引き出すようなその動きに、僕の身体は、内側から徐々に彼に溶け込んでいく。

「……あッ……あッ……あッ……」

深いところから湧き上がってくる熱に、僕はたまらずに喘ぎ、涙を流す。

押し寄せる快楽の波。のみ込まれまいとして彼の肩にすがる僕を、雅樹が容赦なく追い上げる。

「……アッ！　……アアッ！　……雅樹ぃ……！」

動きが激しくなるにつれて乱れていく二人の呼吸が、夜の空気を震わせる。

ああ、全身で感じる。彼の裸の体温、速い鼓動、ため息、香り、そして僕を貫いている、彼の……。

いきなり襲ってきた激しい快感に、巻き込まれ、押し流されて、目の前が真っ白になる。

……ああ！　もうだめ……！

「……くう……んんッ……！」

身体をのけぞらせ、半分意識を飛ばしながら、熱いものを放つ。

引き絞るようにして締め上げてしまう僕に、彼も息をのんで、高みに駆け上る。

「……ああ……雅樹……」

快楽の余韻に身体を震わせる僕の唇に、彼がいとおしげなキスをする。

「……愛してる。君は、俺だけのものだ……」

真剣な囁きに、胸が熱くなる。僕は、彼の唇にキスを返しながら、

「……愛してる。僕は、あなただけのものです……」

ベッドにまっすぐに差し込んで、二人を照らす月の光。

彼の肩に置いた左手に、プラチナ色の誓いがきらめいている。

僕はその高貴な光に見とれながら、少し笑って、

「月曜日、左手の薬指にこのリングをはめて出社したら……たいへんな騒ぎになりそう」

「どう見ても、俺のデザインだしね。……だから……」

ベッドの下に脱いであった上着のポケットを探って、ケースをもう一つ取り出す。蓋を開けるとそこには、プラチナの細目でシンプルなチェーン。僕の首にまわして着けてくれながら言う。

「普段は、これに下げておくといい。ただし、悪い男につかまりそうな時は、ちゃんと左手の薬指に着けること」

「……妬《や》きもちやき！」

僕は、笑いながら彼の首に手をまわす。

「ありがとうございます。僕、あなたにならら、嫉妬されても束縛されても……ちょっと嬉しいです」

優しく笑った彼の顔が近づいてくる。もう少しで、二人の唇が触れ合いそうな時……、

……プルル……！

彼の上着のポケットから、携帯電話の呼び出し音。僕らは、見つめ合ったまま硬直する。

「……もう夜中の一時過ぎですよ。こんな時間にだぁれ？　もしかして……」

「妬きもちやきは、君のほうだ！　……さっと慎也さんからだ。疑うなら出ていいよ」

雅樹は僕に電話を渡すと、バスローブを羽織って、パンチングメタルのステップを下りていく。

僕は覚悟を決めようと深呼吸して、咳払いしてから、電話の通話スイッチを入れる。

「……はい、ええと、黒川の代理です」

『晶也！　まだそこにいるのか？　大丈夫か？　変なことをされていないだろうなッ？』

酔っ払ってる大声で、兄さんが叫んでる。その後ろから、皆が大騒ぎをしている声が聞こえてくる。ガヴァエッリ・チーフの部屋の宴会は……このまま朝まで続きそう。

『全然来ないから、心配したぞ！　こんな時間まで何を……まさか、キス以上のことを彼と……』

最後の部分はさすがに声をひそめていたけど、皆がいるところで、なんてことを……。

「ち、違うよ。仕事の話をしてたら、遅くなっちゃっただけ！　キス以上のことなんて、そんな！　そんなこと、するわけないじゃない！」

『そ、そうだな！　可愛いうちの晶也が、そんなことするわけがないな！』

あはは……と乾いた笑いをたてる僕を、階段を上ってきた雅樹がチロリと睨んでいる。

『明日の午後の便で、ロスアンジェルスに帰るよ。……おまえにも彼にも、色々世話になったな』

「なんかバタバタしてゴメンね。明日、雅……黒川チーフと二人で送るから。何時の飛行機？」

『いいよ。アントニオさんと悠太郎が、リムジンで送ってくれるらしい。おまえは、疲れているんだから、明日くらいゆっくり寝ていなさい。……それに……』

兄さんはちょっと笑って、周りに聞こえないような小声で、

『……また目の前でキスされたら、かなわないからな』

真っ赤になっている僕に、湯気の立つカップを二つ持ってベッドに座った雅樹が、

「慎也さんに、お茶をありがとう、またお会いしたいです、と伝えてくれ」

「兄さん、雅……黒川チーフが、お茶をありがとう、またお会いしたいです、だって」

兄さんは、なんだか意味ありげに笑うと、

『お近付きの印だ。今度会う時までに、うちの晶也にキス以上のことをしていたら承知しません、と伝えてくれ。……じゃ切るよ。あっちに着いたら電話する』

兄さんが、電話を切る。またすぐ会えるよね、と思いつつ……ちょっとさみしい。

携帯電話をベッドサイドに置いた僕に、雅樹がホットレモネードのカップを渡してくれる。

「ありがとうございます。……お茶って？」

「慎也さんが、身体にいいお茶をくれた。君は苦手だから、俺一人で飲んでくれと言われたよ」

雅樹が言って、自分のカップに鼻を近づけ、恐る恐る一口飲んで、

「……うッ……なんだか、畳を煎じて飲んでいるような……ものすごい味だ……」

……畳……？　もしかして、このお茶は、兄さんが秘密兵器だって言ってた……!?

「しかし……身体にいいのなら、不味くても仕方ないのかな……せっかくの慎也氏のおみやげだし……」

雅樹が、苦しそうに呟いて、ムリヤリ飲んでいる。

ああ。僕と雅樹がとっくにキス以上のことまでしてるってバレたら……すごくヤバい気がする！

まばゆい光の中で眠っている、僕の恋人の寝顔は、ずっと見とれていたいほど美しい。

端整な顔だち、逞しい身体、優しいところ……彼のすべてを、僕は不思議なくらい愛してる。

「雅樹、起きてください！　もうお昼過ぎです！　完全に遅刻ですよ！」

言うと、いきなり起き上がる。たまに寝たふりっぽい時もあるけど、今朝は本気で寝ぼけ

てる。

「うそです。今日は日曜日でした。この間、からかわれたお返し！」

僕が笑うと、乱れた前髪の下から彼がギラリと睨む。ヤバい！　と思った次の瞬間……、抱き寄せられ、ガッチリとベッドに押し付けられて、もう身動きが取れない。

仕事のこと、家族のこと、将来のこと、まだまだ悩みはたくさんあるんだけど……、

「日曜日なら、朝の一回もオーケーだな。……寝坊してすまなかったね、篠原君」

僕の目下《もっか》の悩みは、このタフすぎる恋人と……、

「待って。そうじゃなくて……んん……」

朝一番の情熱的なキス一つで、もう抵抗できなくなっちゃう自分……かな？

ああ……ジュエリーデザイナーの悩みの種は、当分つきそうにない。

あとがき

　こんにちは、水上ルイです。この『悩めるジュエリーデザイナー』は一九九七年十月に発刊されたジュエリーデザイナーシリーズ第三弾（あ、読みきりですのでこの本から読んでも大丈夫！）。リーフさん倒産とともに中断、絶版となっていましたが、ルチル文庫さんより復刊、続投が決定しました。彼らのお話をまた続けられることが本当に嬉しいです。既刊の出しなおしが完了するまでに時間がかかりますが、シリーズ新作は別のペースでの発刊を予定しております。シリーズ第一部は吹山りこ先生、第二部からは円陣闇丸先生にイラストをお願いしています。ノンビリペースだとは思いますが、頑張りますのでこれからもよろしくお願いできれば嬉しいです。今回の校正もいろいろ驚いたり青ざめたり。しかしやはり思い出ということでできるだけ当時のまま再現しております（涙）。ページの都合で短いですがアントニオと悠太郎のショートも書き下ろしました。お楽しみいただけると嬉しいです。
　大変お世話になった幻冬舎コミックスの皆様、担当・O本様、この本のために素敵なイラストを描き下ろしてくださった吹山りこ先生、そしてたくさんのリクエストをくださった読者の皆様、本当にありがとうございました！

二〇〇八年　秋　　水上ルイ

「ユウタロ。そろそろ、アキヤをあきらめて自分の恋人を作ることを考えたらどうかな？」

横を歩いているガヴァエッツリ・チーフの言葉に、オレは憤然と言い返す。

「そんなこと考えられない！　あきやはオレのところに戻ってくるかもしれないし！」

金曜日の残業後、夜の十一時。ガヴァエッツリ・チーフは部屋まで送ってくれると言ったけれど、オレは晶也の部屋の近くでリムジンを降りた。黒川チーフは明日までイタリア出張だから、晶也は今頃部屋で一人きり。きっと寂しくしているだろうから。

「とろとろミルクティープリン。まだ残っててよかったぁ。あきやの大好物なんだ」

晶也の部屋の近く、深夜までやっているカフェで、最後の一個をゲットした。歩きながら箱に頬擦りをする真似をすると、ガヴァエッツリ・チーフはクスクスと笑って、

「君のような優しい恋人がいたら、きっと素敵だろうな。私の恋人になってくれないか？」

「だから、オレの心はあきやだけのものだってば！　もう帰れば？　オレはあきやと……」

オレは言いながら角を曲がり……そして晶也のアパートの前にタクシーが停まったことに

気づく。降りてきたのは、背の高い一人の男。手にはオーバーナイトバッグ。モデル並みの長身を、仕立てのいいスーツと上等そうな黒いコートに包んでいる。これはオレの上司で、晶也の恋人になってしまった男、黒川雅樹。今夜もやたらと格好よくて、すごく憎らしい。

思わず足を止めると、ガヴァエッリ・チーフも同じように立ち止まる。

「……やはり帰ってきていたか。マサキのことだから仕事は完璧に終わらせただろうが、そうとう無理をしただろう。クールな見かけによらず、とことん恋人に尽くすタイプだな」

ガヴァエッリ・チーフの苦笑交じりの囁きに、オレの胸がチクリと痛む。

タクシーは走り去り、黒川チーフはオレたちには気づかないままアパートを見上げる。彼の視線の先には、二階の角部屋。窓からは、オレンジ色のあたたかな光が漏れている。そこは、オレもちょうど向かおうとしていた晶也の部屋だ。黒川チーフは窓を見上げたまま足元に荷物を置き、コートのポケットから携帯電話を取り出す。フリップを開いてボタンを押し、電話を耳に当てる。アパートの二階、その窓の方から、微かに着信音が鳴っているのが聞こえる。すぐに着信音はやみ、黒川チーフが電話に向かって低い声で何かを囁く。内容は聞こえないけれど、その横顔に浮かんだ笑みは、普段の彼の冷徹な美貌からは想像もつかないほど、あたたかく、愛おしげで……。

遠くで、玄関のドアが開閉する音がする。コンクリートの外廊下を走る軽い足音、そして誰かが金属製の階段を駆け下りてくる。街灯の光の中に姿を現したのは、艶のある茶色の髪と、とても綺麗な顔をした青年。しなやかな身体を白いセーターとジーンズに包んでいる。彼の手には開いたままの携帯電話。黒川チーフの姿を認めた晶也の長い睫毛が見開かれ、澄んだ琥珀色の瞳がふわりと潤む。黒川チーフは愛おしげな笑みをさらに深くする。

「ただいま。君の顔が見たくて、空港から直行してしまった。もしも邪魔ならすぐに……」

黒川チーフが言っているのが、微かに聞こえてくる。晶也はかぶりを振り、彼に駆け寄ってその胸に飛び込んだ。黒川チーフの大きな手が、晶也の柔らかな髪をそっと撫でる。顔を上げた晶也の顎を、長い指がそっとささえる。そして二人の顔がゆっくりと近づいて……。

「……二週間ぶりの逢瀬だ。邪魔をするのはこれくらいにしておこう」

耳元で囁かれ、オレの肩が抱き寄せられる。そのまま方向転換させられ、道路の角を曲がる。呆然としていたオレは、自分の鼓動がものすごく速くなっていることにやっと気づく。

「恋人が欲しくなった？　それなら、私に言ってくれれば、すぐにでも……」

「なんであなたに言うんだよ？　オレが愛してるのはあきやだけ！　手を離せっ！」

肩を抱いている彼の手を振り払いながら言うと、ガヴァエッリ・チーフは小さく笑う。

「ああ……君の部屋でコーヒーが飲みたいな。美味しそうなプリンもあることだし？」

「わかったよ。仕方ないからオレがコーヒーをいれてあげる。プリンも半分あげる。どっちもめちゃくちゃ美味しいんだから感謝しろよな！」

「情が深くて尽くすタイプ。おまけに美人で跳ね返り。君は本当に私の理想だ」

漆黒の瞳で見つめられ、胸が痛くなるほど優しく微笑まれて……頬がなぜだか熱くなる。

……いや、もちろんオレは晶也一筋！　ほかの男になんか興味ないけど！

ガヴァエッリ・ナーフは、大富豪で、エリートで、ハンサムで、だけどちょっとだけマヌケ。彼といると、オレの鼓動は……なぜだかこんなふうに速くなってしまうんだよね。

✦初出　悩めるジュエリーデザイナー…………リーフノベルズ「悩めるジュエリーデザイナー」（1997年10月）
A Vice President in Lovesick……書き下ろし

水上ルイ先生、吹山りこ先生へのお便り、本作品に関するご意見、ご感想などは
〒151-0051 東京都渋谷区千駄ヶ谷4-9-7
幻冬舎コミックス　ルチル文庫「悩めるジュエリーデザイナー」係まで。

幻冬舎ルチル文庫

悩めるジュエリーデザイナー

2008年10月20日　第1刷発行

✦著者	水上ルイ　みなかみ るい
✦発行人	伊藤嘉彦
✦発行元	株式会社 幻冬舎コミックス 〒151-0051 東京都渋谷区千駄ヶ谷4-9-7 電話 03(5411)6432[編集]
✦発売元	株式会社 幻冬舎 〒151-0051 東京都渋谷区千駄ヶ谷4-9-7 電話 03(5411)6222[営業] 振替 00120-8-767643
✦印刷・製本所	中央精版印刷株式会社

✦検印廃止

ISBN978-4-344-81471-4　C0193　Printed in Japan

「幻冬舎ルチル文庫」
大好評発売中

発行●幻冬舎コミックス　発売●幻冬舎